저수지의 아이들

저수지의 아이들

정명섭 지음

생각
학교

일러두기 ───────

1. 이 소설은 주남 마을 양민 학살(미니버스 총격 사건)과 광목간 양민 학살(원제 저수지 총격 사건)에서 영감을 받은 것으로, 소설 속 후남 마을 저수지 이야기는 두 사건을 토대로 작가의 상상력을 더해 재가공한 가상의 이야기입니다. 자세한 정보는 부록에 실려 있습니다.

2. 이 책의 맞춤법은 국립국어원 원칙을 따르되, 이야기의 생동감을 위해 대화체나 독백체에서 사투리나 비속어, 입말 등을 최대한 살렸음을 알립니다.

차
례

일곱 시   6

누명   23

후남 마을   41

위령비   67

저수지   100

용서   145

그날   163

재회   188

용기   197

작가의 말   216

부록   221

일곱 시[♦]

일곱 시[◆]

"빅뉴스! 빅뉴스!"

호들갑을 떨면서 교실에 들어서는 선욱에게로 뒷자리에 있던 친구들의 시선이 모아졌다. 선욱은 그 중심에서 다리를 꼬고 앉은 한혁을 보았다. 한혁이 다리를 풀면서 물었다.

"뭔데?"

"우리 담탱이 말이야."

"니네 담탱이? 국어가 왜?"

선욱이 침을 꼴깍 삼키며 뜸을 들이자 한혁이 눈썹을 치켜 올리며 되물었다. 선욱은 지금이 타이밍이라는 걸 직감했다.

♦ ————————

지역을 차별하는 사람들이 인터넷에서 전라도를 지칭할 때 사용하는 단어. 아날로그시계에 서 일곱 시 방향이 서남쪽의 전라도와 같기 때문에 붙은 것으로 보인다.

"일곱 시! 일곱 시래."

선욱의 말이 떨어지자마자 한혁의 눈이 휘둥그레졌고 주변에 있던 친구들의 입이 벌어졌다. 그 모습을 본 선욱은 만족스러운 듯 히쭉 웃었다.

한혁은 동급생보다 머리가 하나쯤 컸고, 얼굴은 여드름 하나 없이 말끔했다. 집안도 좋고, 성적도 좋고, 말도 잘하는 편으로 겉보기엔 범생이의 전형이었다. 그러나 다혈질에 욱하는 성격으로 곧잘 사고를 쳤는데 잘나가는 부모님을 둔 덕분에 징계 한 번 받지 않았다. 아무리 큰 사고를 쳐도 반성문 한 장 달랑 쓰면 넘어갔기에 한혁은 늘 제멋대로 하고 다녔다. 한혁은, 일진은 아니었지만 일진도 못 건드리는 학교의 실세였고 주변에 아이들이 몰려들면서 패거리를 이뤘다. 선욱은 그 패거리에 끼진 못했으나 가깝게 지내기 위해서 종종 그들이 흥미로워할 만한 정보를 들려주곤 했다. 담임이 일곱 시란 정보는 한혁 패거리가 며칠간 물고 뜯을 먹잇감으로 딱 적당했다.

"누가 그래?"

한혁이 미심쩍다는 말투로 말했다. 선욱은 손가락으로 자신을 가리켰다.

"그거야 우리 학교 최고의 정보통인 나지."

집안도 성적도 외모도, 어느 것 하나 내세울 게 없는 선욱이 딱 한 가지 내세울 게 있다면 집요함이었다. 무엇이든 끈질기게 물고 늘어져 필요한 것을 얻어내는 일만큼은 자신 있었다. 선욱은 그 집요함 덕분에 한혁 패거리로부터 무시당하거나 따돌림을 당하지 않는 거라고 생각했다.

"오선욱, 자세히 좀 말해봐. 그걸 어디서 어떻게 확인했다는 거야?"

"내가 교무실에 갔다가 말이야."

이제 막 신나게 떠들려던 선욱은 교실로 민병이 들어오는 걸 보고 목소리를 낮췄다.

"담탱이 우편물을 봤거든. 고향 향우회에서 온 건데 고향이 글쎄……."

"전라도라고? 그게 사실이야?"

한혁의 오른팔인 창선이 성미 급하게 선욱의 말을 앞지르며 물었다.

"그렇다니까. 그것도 광주였어."

"이야! 폭동의 고장 출신이었네. 진짜 완전 뒤통수 작렬이군. 어떻게 감쪽같이 속였지?"

창선이 고개를 절레절레 저었다. 선욱은 창선보다 한술 더

8

떠 말했다.

"말투가 완전히 서울말이었잖아. 나도 보고 깜짝 놀랐지. 씨발, 얼마나 연습했겠어."

"어쩐지! 지난번 국어가 수업할 때 내가 홍어 얘기 좀 했더니 표정이 싸늘하게 굳어서 일장 연설을 하더라. 그때 알아봤어야 했는데."

한혁은 분한 듯 입술을 깨물었다. 창선이 얼른 한혁의 말에 맞장구쳤다.

"그러게. 이유가 있었네. 완전 뒤통수잖아!"

"씨발, 통수 작렬이야, 진짜!"

선욱이 한혁 패거리와 장단을 맞출 때 민병이 고개를 돌렸다. 민병은 중2 때 순천에서 전학 온 아이였다. 민병이 찔끔하는 걸 눈치챈 선욱은 그 순간을 놓치지 않고 큰 소리로 말했다.

"왜? 같은 일곱 시라서 반가워?"

뭔가 얘기를 하려고 입을 달싹거리던 민병은 아무 말도 않고 다시 고개를 돌렸다. 선욱은 더욱 기세등등해졌다.

"너무 좋아하지 마라. 니네끼리도 뒤통수치고 그러잖아. 안 그래?"

선욱의 말에 한혁과 패거리들이 깔깔대며 웃었다. 그걸 본 선욱은 작게 안도의 숨을 쉬었다. 한혁과 패거리는 교과서보다 유튜브를 더 믿었다. 특히 유튜브에서 이것저것 보다가 알게 된 자극적인 얘기들에 재미를 느꼈고 패거리들 사이에서 공유했다. 일곱 시, 전라디언 같은 지역 혐오 단어를 입에 달고 살았고, 삼일한이나 꼴페미 같은 여성을 비하하는 말도 거침없이 했다. 그들만 그런 건 아니었다. 자극적인 유튜브를 본 아이들 대다수는 거기에 동의를 하든 하지 않든 그 내용과 표현에 재미를 느껴 따라하곤 했다. 선욱도 그런 애들 중 하나였고, 한혁 패거리와 어울리기 위해 더욱 맞장구를 쳤다. 선욱은 담임선생님이 일곱 시라는 정보를 알려준 것으로 얼마간은 패거리와 가깝게 지낼 수 있으리라 기대했다. 그렇게 넘어가려는 찰나, 한혁이 눈빛을 번뜩였다.

"씨, 그래서 벌점 준 거였네. 내가 전라도는 독립을 시켜야 한다고 하니까 기분 나빴던 거야!"

다혈질인 한혁이 주먹을 불끈 쥐자 선욱은 갑자기 불안해졌다. 이러다 무슨 사고를 칠지 몰랐기 때문이다. 선욱은 본능적으로 자리를 떠야 한다는 걸 알았다.

"나 이제 교실로 간다."

"야, 오선욱! 수업 끝나고 후문으로 와."

선욱은 한혁의 말투에서 뭔가 단호함을 느꼈다.

"왜?"

"이렇게 된 이상 그냥은 못 넘어가. 가오가 있지, 안 그래?"

그 '가오'라는 게 고검장 출신 변호사 아빠와 대학 교수 엄마에게서 나온다는 것을 선욱은 잘 알고 있었다. 선욱이 마지못해 고개를 끄덕이자 한혁은 턱으로 민병을 가리키며 말했다.

"쟤도 데려오고."

민병을 데려오라는 말에 선욱은 멈칫했다.

"쟤도 일곱 시잖아. 넌 일곱 시가 담임이고. 일곱 시 편들고 싶지 않으면 아무튼 데려와, 알겠어?"

담임이 일곱 시인 게 자신과 무슨 상관이냐고 묻고 싶었지만 선욱은 꾹 참았다. 한혁에게 그렇게 대꾸했다가는 정말로 잘못된 소문이 돌지도 몰랐다. 선욱은 정보를 알려준 게 자신이니 뭐 별일 있겠냐 싶어 한혁의 말을 순순히 따르기로 마음먹었다.

"아, 알았어. 나 이제 진짜 갈게. 화장실 들러야 해."

선욱이 교실을 나와 화장실로 뛰어가는데 맞은편에서 담임선생님이 수업하러 오는 게 보였다. 얇은 갈색 카디건에 단정히 머리를 넘긴 선생님은 아무것도 모른 채 선욱을 불렀다.

"오선욱! 곧 수업 시작하는데 어딜 가?"

"자, 잠깐 화장실 좀⋯⋯."

"빨리 갔다 와라."

선욱은 어물쩍 인사를 하고 뛰어갔다. 자리로 돌아와서 한숨을 돌린 선욱은 허겁지겁 국어 교과서를 펼쳤다. 교탁 앞에 선 선생님이 선욱을 흘낏 보곤 수업을 시작했다. 짝꿍인 준섭이 작은 목소리로 물었다.

"너, 한혁이 반에 갔다 왔지? 무슨 얘기 한 거야?"

"그냥, 그냥."

준섭은 눈치 하나는 정말 귀신같았다. 선욱이 얼버무리자 준섭은 안경을 끌어 올린 뒤 눈을 가늘게 뜨고 물었다.

"걔한테 먹잇감 물어다준 거지?"

"으응."

"한혁이랑 어울리지 말라니까."

"우리 학교 실세니까 친하게 지내면 좋잖아."

"걔가 왜 너랑 친하게 지낼 것 같은데?"

뭔가 아는 척을 하는 것 같은 준섭의 말에 선욱은 괜히 짜증이 났다.

"아, 그냥 친해."

"그 새끼는 그냥이 없어. 얼마나 철두철미한 놈인데."

"그래서 어쩌라고?"

"지금이라도 늦지 않았으니까 발 빼라고. 내가 당해봐서 안다니까."

예전에 셔틀 노릇을 했던 준섭인지라 흘려들을 얘기는 아니었다. 하지만 선욱은 항상 그렇듯 대답을 미리 준비하고 있었다.

"졸업 때까지 맘 놓고 지내려면 어쩔 수 없어. 봐! 걔랑 친하니까 아무도 안 건드리잖아."

선욱이 자신하자 준섭은 한심하다는 눈으로 바라봤다.

"너 그러다 진짜 뒤통수 크게 맞는다."

"그건 일곱 시 출신들이나 그러는 거고."

준섭의 말에 꼬박꼬박 응수하는 데 열중하다 선욱은 선생님이 코앞까지 다가온 것을 눈치채지 못했다.

"야! 오선욱! 수업에 집중 안 하고 뭐 해!"

준섭은 어느새 냉큼 책을 들여다보고 있었다. 선욱은 얼른 고개를 숙였다.

"죄송합니다."

"내년이면 고등학교 가는 녀석이 열심히 해야지."

늘 그렇듯 미소 지으며 말하는 선생님에게 선욱은 애매하게 웃어 보이며 대답했다.

"네."

뭔가 말을 더 하려던 선생님은 한숨을 쉬곤 교탁 쪽으로 걸어갔다. 그 모습을 본 선욱이 준섭에게 속닥였다.

"야! 들은 건 아니겠지?"

"표정 굳어진 거 보니까 들은 거 같던데?"

"망했다. 거기 출신들은 찍으면 수단 방법을 가리지 않고 괴롭히거든."

그러자 준섭이 코웃음을 쳤다.

"너나 애들 좀 괴롭히지 마."

"내가 누굴 괴롭혔다고 그래?"

"6반에 지혁이."

속으로 뜨끔한 선욱이 얼른 변명거리를 생각했다.

"그건 걔가 재수없이 굴어서 그런 거고."

"지도 한혁이 앞에서 꼼짝 못하는 주제에 누굴 괴롭히고 다니는 거야? 솔직히 공부 못하고 너보다 작다고 놀린 거잖아."

약점을 찔린 선욱은 얼굴을 찡그렸다.

"야, 내가 걔한테 얼마나 잘해줬는데, 걔가 먼저 쌩깠다고."

"하여튼, 지 살겠다고 남 괴롭히는 놈."

"뭐?"

선욱은 발끈했다.

"오죽했으면 걔가 나한테 얘기했겠어?"

"됐어. 뒤통수치는 애들 말은 들을 필요 없어."

선욱은 머릿속이 복잡했다. 준섭의 말이 아주 틀린 건 아니라서 신경 쓰였다. 그래도 한혁과 가깝게 지내고 있으면 앞으로 쭉 괜찮을 거라고 생각하고 있는데, 준섭이 선욱의 머릿속에 들어왔다 나갔는지 또다시 비죽댔다.

"너 지금 한혁이 믿고 이러는 거지?"

"믿긴 뭘 믿는다 그래? 내가 걔 꼬붕도 아니고."

선욱이 냉큼 반발했지만 준섭은 얄밉게도 정곡을 찔렀다.

"꼬붕이 못 된 거겠지. 어쨌든 너 그러다가 한혁이랑 틀어지면 바로 끝장이야, 끝장."

"그럴 일 없으니까 염려 마라."

선욱은 칠판 앞에서 열심히 설명하는 선생님을 보았다. 선욱은 선생님한테는 미안하지만 학교에서 잘 지내려면 어쩔 수가 없다고 자신을 합리화했다. 그때 준섭이 말했다.

"애들이 너보고 뭐라는지 알아?"

"뭐라는데?"

"박쥐."

"뭐?"

"박쥐라고. 박쥐가 뭔지 몰라?"

준섭이 선생님을 힐끔 보더니 손으로 날개가 퍼덕하는 시늉을 하고는 잽싸게 공부하는 척했다. 주변 아이들 몇 명이 키득거리자 선생님이 선욱 쪽을 살폈다. 선욱은 얼른 교과서에 얼굴을 파묻었다. '박쥐'란 말에 선욱은 머릿속이 새하얘졌다.

수업이 모두 끝나고, 반장이 교무실에서 가져온 핸드폰을 넘겨받은 선욱은 집으로 가려다가 아차 싶었다.

"아이씨! 깜빡할 뻔했네."

선욱은 민병을 후문으로 데려오라던 한혁의 말을 떠올렸다. 그래서 한혁의 반 교실로 가는데 가방을 한쪽 어깨에 걸치고 복도를 빠져나가는 민병이 보였다.

"야! 민병신! 어디 가!"

선욱의 목소리가 충분히 들릴 거리였는데도 민병은 들은 채 만 채 계단으로 내려가버렸다. 이러다 놓치겠다는 생각에 선욱은 달음박질쳐 겨우 민병의 뒷덜미를 잡아챘다.

"야! 어디 가냐고?"

선욱이 숨을 헐떡이며 묻자 민병은 퉁명스럽게 답했다.

"학원."

"나랑 잠깐 갔다가 가."

"어딜?"

"아까 한혁이가 후문에서 보자고 했잖아."

"그래? 근데 걔 아까 아무 말 없이 나가던데?"

선욱이 다시 계단을 내려가려는 민병의 팔을 잡아끌었다.

"나한테 확실히 말했어. 그러니까 일단 갔다가, 거기 없으면 바로 학원으로 가. 그래도 되잖아."

선욱은 민병의 팔을 붙잡아 억지로 후문으로 데려갔다.

학교 후문은 오래전 소각장으로 쓰던 창고 건물 옆에 있었다. 골목길과 마주해 있지만 큰길과는 떨어져 있어서 후미졌다. 그래서 한혁 패거리같이 선생님들의 눈을 피해 뭔가를 저지르고 싶어 하는 아이들이 즐겨 찾는 곳이었다. 학교에서 CCTV를 달아놓았지만 그게 어디에 있는지 아는 아이들은 그쪽을 피해서 돌아가곤 했다.

한혁은 패거리에게 둘러싸여 담배를 피우고 있었다. 동섭이 선욱과 민병이 온 것을 알리자 한혁은 담배를 창고 벽에 비벼서 껐다. 분위기가 심상치 않은 걸 느낀 민병이 멈춰 서더니 다리에 힘을 주고 더 가지 않으려 했다.

"지금 뭐 하자는 거야?"

"제발 좀! 그냥 가서 얘기나 하자니까."

"됐어. 갈게."

팔을 거칠게 뿌리치는 민병에게 선욱이 으름장을 놨다.

"여기까지 와서 튀면 곤란해. 너 가뜩이나 왕따인데 이젠 전따까지 당할 거야?"

그 말에 민병이 움찔했다. 선욱은 그 틈에 민병을 한혁 가까이로 떠밀었다.

"데리고 왔어."

자신이 할 바를 다 했다고 생각한 선욱은 한 걸음 물러섰다. 한혁이 피식 웃고는 민병에게 말했다.

"너, 국어가 일곱 시인 거 알았지?"

"몰라. 그걸 내가 어떻게 알아?"

"야! 니들은 서로서로 알아보잖아. 안 그래?"

한혁의 비아냥에 패거리들이 키득거렸다. 민병이 한숨을 쉬며 말했다.

"너네가 뭐라든 난 모르는 일이야. 국어랑 얘기해본 적도 없고, 국어가 일곱 시인 것도 나와는 상관없어."

"어쭈, 이게 모른 척하네. 역시 전라디언! 서로 뒤통수치는 게 한통속 맞네. 지난번에 국어가 벌점 엄청 먹였을 때 알아봤다니까. 어쨌든, 난 복수해야겠어."

순간 한혁의 눈빛이 달라지는 걸 본 선욱은 불안감에 휩싸였다. 한혁이 눈짓을 하자 패거리 중 한 명이 가방에서 검정색 래커를 꺼냈다. 그걸 건네받은 한혁은 창고 벽으로 다가갔다. 그러고는 큼지막하게 휘갈겼다.

인간 차별하는 전라디언 임도헌 선생은 반성하라!

한혁의 낙서를 본 패거리들이 낄낄거렸다. 의기양양하게 돌아선 한혁은 동영상을 찍고 있던 동섭이 핸드폰을 들이대자 손으로 브이 자를 그리며 이를 드러냈다. 한혁은 민병에게 래커를 던졌다.

"야! 너도 써."

얼떨결에 래커를 받아 든 민병은 당황한 듯 물었다.

"뭘?"

"국어가 잘못한 거. 그럼 앞으로 잘 봐줄게."

앞으로 잘 봐준다는 말에 선욱은 민병이 잠깐 부러워졌다. 한혁은 학교의 실세니까 그 말을 따르기만 한다면 학교 생활을 편하게 할 터였다. 하지만 민병은 손에 든 래커를 내려다보다가 고개를 저었다.

"싫어."

"헐, 지금 같은 전라디언이라고 편드는 거야?"

"아니 그게 아니라, 국어가 잘못한 게 없잖아."

"없긴! 툭하면 나한테 벌점 먹였는데."

민병은 뭐라고 말하려다가 이내 래커를 바닥에 던졌다.

"아무튼 난 안 해. 그리고 그거 빨리 지우는 게 좋을 거야."

"왜? 일러바치게?"

한혁이 이죽거리자 민병은 고개를 저었다.

"난 아무 얘기 안 하겠지만 누군가는 보겠지. 얼마 전에 선생님 괴롭히는 학생들 처벌한다고 교장이 말한 건 기억 안 나?"

선욱은 대머리 교장이 교사들도 보호받을 권리가 있다면서 침을 튀기며 연설하던 게 떠올랐다. 몇몇 아이들의 도 넘는 괴롭힘에 선생님들이 관두려 한다는 소문이 돈 직후였다. 덜컥 겁이 난 선욱이 얼른 민병의 팔을 잡았다.

"야, 그냥 장난친 건데 무슨 말을 그렇게 삭막하게 해."

"삭막하긴. 어디서 태어났는지를 두고, 약 올리고 놀리는 인생이 더 삭막한 거지."

민병이 선욱의 손을 뿌리치면서 다시 쏘아붙였다.

"너도 쟤들 꼬붕 노릇 좀 그만해. 쪽팔리지도 않아?"

"이씨, 내가 무슨 꼬붕 노릇을 한다 그래!"

선욱은 순간 발끈했다. 그러나 곧 지금은 그럴 때가 아니란 걸 본능적으로 알아차렸다. 한혁의 표정이 심상치 않았기 때문이다. 패거리 앞에서 대놓고 무시를 당했으니 가만있지 않을 것이었다. 한혁이 고개를 숙인 채 눈을 치떴다. 선욱이 봐온 바로는 그건 곧 '경고'였다. 이러다 일이 커지겠다고 생각한 선욱은 민병을 등 뒤에 두고 한혁의 앞을 슬쩍 막아섰다.

"이러지 말고 말로 하……."

선욱이 말을 끝맺지 못한 건 순식간에 한혁이 달려들어서였다. 확 떠밀린 선욱은 바로 뒤에 있던 민병과 부딪쳤고, 그대로 함께 넘어지고 말았다. 단단한 콘크리트 바닥에 쿵 자빠지는 소리가 크게 들려오자, 놀란 선욱이 얼른 일어나면서 뒤를 돌아봤다.

"야! 괜찮아?"

민병은 아무 대답도 없었다. 선욱은 서둘러 일으켜 세우려다 민병의 뒷머리에서 끈적한 액체가 만져지는 걸 느꼈다. 새빨간 피였다.

"으아악!"

선욱이 어쩔 줄 몰라 하는 사이, 한혁은 황급히 가방을 챙겨 패거리와 함께 후문을 넘었다.

"야! 어디 가?"

"몰라, 씨발. 네가 알아서 해결해!"

"나 혼자 어떻게 하라고!"

덜컥 겁이 난 선욱이 소리치자 한혁이 말했다.

"우린 여기 없었던 거다. 나까지 끌고 갔다간 넌 끝장이야!"

"아니, 내가 뭘 잘못했다고…….'

"피했어야지. 아니면 버텼거나."

그게 말이 되냐는 소리는 끝내 입 밖으로 내지 못했다. 갑자기 홀로 남겨진 선욱은 한숨을 쉬며 중얼거렸다.

"망했다…….'

누명

그날 이후, 선욱에게 벌어진 일들은 그야말로 뒤죽박죽이었다. 의식을 잃은 민병은 선욱의 신고를 받고 출동한 구급차에 실려갔다. 머리를 몇 바늘 꿰매고 다행히 깨어났지만 충격이 커서인지 당시 일을 정확하게 기억하지 못했다. 그게 정말인지는 알 수 없었으나 선욱은 더 이상 묻지 못했다. 자기가 민병이라고 해도 기억이 안 난다고 할 것 같았기 때문이다. 결국 선욱은 한혁이 저지른 일을 몽땅 뒤집어쓰고 말았다. 삽시간에 창고에다 담임선생님에 대한 욕설을 쓰고 그걸 말리던 민병을 넘어뜨려서 심하게 다치도록 만든 '문제아'가 된 것이다.

열흘 뒤 열린 학폭위에서도 같은 결론이 났다. 웃긴 건 학폭위의 학부모 측 대표가 바로 한혁의 아버지였다는 것이다.

아들에게 무슨 얘기라도 들었는지 한혁의 아버지는 교권 침해와 폭력은 큰 문제라며 열변했다. 그 자리에 있던 선욱은 모두 당신 아들이 친 사고라고 몇 번이고 말하고 싶었지만 입을 다물어야 했다. 대머리 교장을 비롯해 모든 선생님들이 선욱을 '한심한 아이'로 보고 있었다. 그 분위기에서는 어떤 얘기도 통하지 않을 터였다.

설상가상으로, 학교에 온 엄마가 무조건 잘못했다며 머리를 계속 조아리는 바람에 제대로 소명 한 번 못하고 고개를 숙여야만 했다. 선욱은 엄마가 자기에게 어떻게 된 일인지 묻지도 않고, 왜 무조건 자신의 잘못으로 인정하고 넘어가려는지 이해할 수 없었다. 엄마가 나선다 해도 결과는 달라지지 않겠지만, 서운하고 억울한 마음이 드는 건 어쩔 수 없었다.

일사천리로 끝난 학폭위에서 내린 결정은 30일 출석정지였다. 그 얘기를 듣는 순간 엄마는 두 손으로 얼굴을 가린 채 흐느껴 울었다.

"그러게, 자식 교육을 잘 시키셨어야죠."

엄마에게 혀를 차면서 말한 사람은 한혁의 아버지였다. 자기 아들의 잘못을 선욱이 뒤집어쓴 걸 아는지 모르는지 한혁의 아버지는 당당했다. 선욱은 참을 수 없었다.

"우리 엄마는 아무 잘못이……."

선욱의 말은 끝까지 이어지지 못했다. 엄마가 선욱을 제지했기 때문이다. 엄마는 흐느끼면서 한혁의 아버지를 비롯한 학부모 대표들, 선생님들을 향해 연신 고개를 숙였다. 그렇게 학폭위가 끝나고 학폭위 위원들이 모두 나간 뒤, 엄마는 힘없이 자리에서 일어났다.

"가자."

선욱이 엄마에게 언제 제대로 말할지 타이밍을 재면서 복도로 나오는데 담임선생님이 다가왔다. 엄마와 짧게 인사를 나눈 선생님은 선욱을 쓰윽 바라보며 말했다.

"선욱아, 잠깐 얘기 좀 하자."

운동장 구석에 새로 지어진 체육관 앞 벤치는 더없이 조용했다. 남자아이들이 운동장에서 편을 나눠 축구와 족구를 하는 중이었다. 새된 비명소리와 웃음소리가 메아리처럼 들리는 가운데 선욱은 크게 한숨을 쉬었다. 출석정지 한 달은 너무 길었다.

"미안하다. 그것까진 막으려 했는데 학폭위에서 워낙 강경하게 나와서 말이야."

"선생님이 저한테 미안해하실 게 뭐 있어요? 신경 쓰지 마세요."

선욱은 퉁명스럽게 말했다. 담임선생님도 어떻게 보면 이 사건의 피해자였다. 벽에 쓴 문제의 낙서는 '전라디언 임도헌 선생'에 대한 것이었으니까. 게다가 그는 선욱의 담임이라는 이유로 머리를 다친 민병의 아버지에게 멱살을 잡혀야 했다. 잠시 침묵한 선생님이 다시 입을 열었다.

"사실이니?"

"뭐가요?"

"네가 래커로 벽에다 낙서하고, 그걸 말리는 민병이를 넘어뜨렸다는 거 말이야."

예상 밖의 질문에 선욱은 잠깐 당황했다. 선생님 자신이 연관된 사건이라 빨리 처리하고 넘어가는 것이 상책일 텐데 선욱에게 '사실'을 묻고 있었다. 눈을 껌뻑이던 선욱이 되물었다.

"그걸 왜 물어보세요?"

"글쎄……. 도와주고 싶달까?"

선생님의 말에 선욱은 마음 한쪽이 찌르르했다. 사건이 일어나고 학폭위에서 결론이 나올 때까지 누구 하나 선욱을 도와주지 않았다. 반 친구들도, 심지어 엄마마저도. 담임선생님에게는 솔직하게 말해도 되지 않을까 하고 선욱은 잠시 마음이 흔들렸다. 입을 떼려던 선욱은 이내 고개를 저으며 입술을 깨물었다.

"솔직히 얘기해봐. 선생님은 왠지 네가 뭔가를 숨기는 것처럼 보여서 말이야."

선욱은 피식 웃고 말았다.

"왜 그렇게 생각하세요?"

"기분 나빠하지 말고 들어봐. 아이들이 너한테 박쥐라고 하는 걸 들었어. 근데 너에게도 분명 이유가 있겠지? 누구에게나 사정이란 게 있으니까."

선욱은 쓴웃음을 지었다. 선욱은 단지 학교에서 좀 편하게 지내고 싶었다. 그러려면 힘 있는 애들의 눈에 들어야 했고, 만약 들지 못하면 거슬리지 않아야 했다. 한혁의 눈에 들기 위해 아등바등하는 선욱을 짝꿍인 준섭조차 비웃었는데 선생님은 그러지 않는 듯했다. 선욱이 어렵게 대답했다.

"조용히 넘어가는 게 모두에게 좋지 않나요?"

"그런 식으로 넘어가다 보면 모두가 잘못을 저지르게 되어 있어."

"그렇다고 선생님이 진짜로 도와주실 수는 없잖아요?"

선욱의 차가운 반문에 선생님이 한숨을 쉬었다.

"그래. 사실 솔직히 말하자면, 어제 교장선생님에게 가서 재조사를 하자고 했지만 무시당했어. 자칫해서 경찰까지 끌어들이면 일이 더 커진다고 말이야. 내후년이 정년이니 제발 조용히 넘어가자고 해서서 빈손으로 나왔지."

"증인도 없고, 증거도 없어요."

선욱이 아무 대응도 않고 누명을 뒤집어쓴 결정적인 이유였다. 그때 후문에는 그들 외엔 누구도 없었고, 설사 누군가 우연히 거기 있었다고 해도 한혁에게 맞서서 입을 열 리 없었다. CCTV가 있었지만 사건이 일어난 곳은 사각지대였다. 선욱의 한숨 섞인 말에 선생님이 안타까운 표정을 지었다.

"네가 진실을 말해주면 내가 힘을 써볼게."

"그러다 선생님만 고생해요. 그냥 조용히 집에 있다가 전학 갈게요. 그게 여러 사람에게 편하잖아요."

"선욱아, 그게 정답은 아닌 것 같아."

선생님의 말에 선욱은 어깨를 으쓱거렸다.

"괜찮아요. 어차피 저는 박쥐라서요. 다른 곳으로 날아가면 돼요."

선욱은 엉덩이를 털며 벤치에서 일어났다. 따라 일어선 선생님이 지갑에서 명함 하나를 꺼냈다.

"뭐예요?"

"갑자기 뜬금없게 들릴 수도 있겠지만, 내가 아는 탐정이 있어서⋯⋯."

"탐정이요?"

"응."

"우리나라에도 탐정이 있어요?"

선욱의 반문에 선생님이 고개를 저었다.

"공식적으로는 없지. 그냥 알음알음하는 탐정인데 실력은 끝내줘! 실은 내가 이번 사건을 의뢰하려고 했는데 당사자한테만 직접 받는다고 해서 말이야."

"저는 관심 없어요."

선욱이 명함을 돌려주려고 하자 선생님이 손사래를 쳤다.

"지금 당장 하란 게 아냐. 나중에 생각이 있으면 한번 전화해 봐. 돈은 내가 냈으니까 넌 의뢰만 하면 돼. 밑져야 본전이잖아."

선생님의 표정이 왠지 간절해 보여서 선욱은 더는 거절하기가 어려웠다.

"네. 근데 왜 이렇게까지 하세요? 그냥 모른 척하시면 편하잖아요."

"그러려고 했다. 지쳤었거든."

카디건을 추스른 선생님은 본관 건물을 바라봤다.

"그런데 말이야. 외면하고 모른 척할수록 더 지치는 것 같
아. 후⋯⋯."

담임선생님의 긴 한숨 소리에서 선욱은 왠지 모를 답답함
을 느꼈다. 고개를 돌린 선생님이 선욱의 어깨를 토닥여주며
말했다.

"오늘 긴 하루였지? 잘 가라. 다음에 보자."

'다음이라는 게 또 있을까요?'라는 질문은 차마 나오지 않
았다. 본관 건물로 향하는 담임선생님의 뒷모습을 한참 바라
보던 선욱은 교복 바지 주머니에 두 손을 찔러 넣은 채 교문을
향해 터덜터덜 걸어갔다. 교문 밖에서 핸드폰으로 누군가와
통화하던 엄마는 선욱이 오는 걸 보고는 서둘러 전화를 끊고
앞장서 갔다. 선욱은 고개를 숙인 채 엄마의 뒤를 천천히 따라
갔다.

엄마와 선욱의 거리는 점점 벌어졌고, 무심히 차도 위를
달리는 경적 소리와 횡단보도 신호음이 바뀌는 소리만이 그사
이를 가득 채워가고 있었다.

선욱이 집에 도착했을 때, 엄마는 다시 나갈 채비를 하는 중이었다.

"엄마 어디 좀 갔다 올 테니까 집에 있어. 싱크대 안에 라면이랑 즉석밥 있다."

"어디 가는데?"

선욱의 물음에 엄마가 귓불을 잡아당기며 말했다.

"그냥 콱 한강에 가서 뛰어내리려고 한다."

"아, 제발 그런 말 좀 하지 말랬지!"

선욱이 버럭 화를 내자 엄마도 그제야 선욱과 눈을 맞추며 말했다.

"내가 일등을 하라고 했어? 반장을 하라고 했어? 알바라도 해서 돈을 벌라고 했어? 그냥 말썽부리지 말고 학교 잘 다니라고 했잖아."

"그래서 그놈의 박쥐 소리 들어가면서 잘 지내려고 했단 말이야."

"그건 또 무슨 소리야? 근데 왜 그런 사고를 쳐! 가뜩이나 아빠 없는 자식이라고 사람들이 손가락질하는데."

"거기서 왜 아빠 얘기가 나와? 아빠 없는 게 내 잘못이야? 이혼은 엄마가 해놓고!"

학폭위 때부터 쌓여왔던 화가 한꺼번에 솟구친 선욱이 소리를 질렀다.

"뭐라고? 너 지금, 이게 뭘 잘했다고…… 그러니까 애초에 더 조심했어야……"

"아, 몰라!"

꽥 소리를 지른 선욱은 방문을 거칠게 열고 들어가버렸다. 쾅 닫힌 문밖에서 엄마의 깊은 한숨 소리와 흐느낌이 들려왔다. 선욱은 책가방을 휙 내동댕이쳤다. 화가 나는데, 어디에 어떻게 화를 내야 할지 몰랐다. 선욱은 답답한 마음에 컴퓨터를 켰다. 그때 한혁에게 카톡이 왔다.

> 잘 마무리했냐? 아빠한테 친구라고 잘 봐달라고 얘기했어. 돌아와서 보자.

선욱은 짜증이 났다. 남들이 보면 그냥 안부를 묻는 내용이겠지만 선욱에게는 입 다물고 있으라는 협박이었다. 선욱은 카톡을 썼다 지웠다 몇 번 하다가 짧은 답신을 했다.

> 알았어.

곤바로 한혁은 '돌아오면 잘 지내자'는 답장과 함께 웃는 얼굴의 이모티콘을 보내왔다. 핸드폰을 뒤집어서 책상에 엎어놓은 선욱은 컴퓨터 게임에 접속했다. 게임에 집중해서 스트레스를 풀려 했지만 기분이 별로라서 그런지 조준이 잘 맞지 않았다. 시작하자마자 계속 죽는 바람에 오히려 스트레스만 더 쌓이는 꼴이 되고 말았다. 늦게까지 게임을 하던 선욱은 거실로 나가서 라면을 끓였다. 김치와 밥을 가져다놓고 저녁을 먹었고, 텔레비전을 켜서 예능 프로그램을 봤다. 연예인들이 재밌는 얘기를 했지만 웃음이 나오지 않았다. 엄마는 밤 열한 시가 다 되도록 돌아오지 않고 있었다.

"왜 이렇게 안 오는 거야."

선욱은 초조해졌다. 엄마가 이렇게까지 늦은 적은 없었기 때문이다. 불현듯 선욱은 농담 같던 엄마의 마지막 말이 떠올랐다. 엄마가 진짜 어디 가서 죽으려 할지도 모른다고 생각하니 불안하고 무서웠다. 선욱이 핸드폰으로 몇 번 전화를 걸었지만 엄마는 받지 않았다. 그리고 자정이 다 됐을 무렵, 도어록 비밀번호를 누르는 소리가 들려왔다. 선욱은 그 소리가 너무 반가웠지만 부러 덤덤한 표정을 지으며 현관 쪽으로 나갔다. 그러다 비틀거리며 들어오는 엄마에게서 확 풍겨오는 술

냄새에 흠칫했다.

"어휴! 무슨 술을 이렇게 많이 마셨어?"

"왜? 난 술 마시면 안 되냐?"

엄마가 쏘아붙이자 선욱은 할 말이 없었다.

"하나밖에 없는 자식이 엄마 속도 몰라줘서 그랬다. 어릴 때는 정말 말 잘 듣고 착했는데 어쩌다 이런 말썽꾸러기가 되었는지……."

잔소리인지 한탄인지 모를 소리를 늘어놓으며 엄마는 물큰한 술냄새와 함께 안방으로 들어갔다. 그러고는 바닥에 털썩 주저앉아 어디론가 전화를 걸었다. 선욱은 살짝 열린 방문 옆에서 통화 내용을 엿들었다.

"오빠야? 나 민정이야. 잘 지냈어? 너무 오랜만이지? 그동안 먹고살기 힘들어서 연락할 엄두가 안 났어. 새언니는 잘 있지? 나 오늘 신세한탄하려고 전화했어, 오빠."

오빠? 새언니? 선욱은 고개를 갸웃했다. 엄마는 가족들과 왕래가 거의 없었다. 친가 쪽과는 말할 것도 없고 외가 쪽과도 연락이 뜸했기 때문에 누군지 짐작이 가지 않았다.

"대체 누구랑 통화하는 거야?"

선욱은 더욱 귀를 바짝 댔다.

"오빠, 선욱이 기억나? 응, 많이 컸지. 근데 선욱이가 이번에 학교에서 사고를 쳤지 뭐야. 학교 벽에다 스프레이 같은 걸 뿌려서 낙서를 했다는데, 그걸 말리는 친구를 넘어뜨려서 머리를 크게 다치게 했대. 학교에 가서 손이 발이 되도록 빌었는데 30일 출석정지를 받았어. 대체 내 인생은 왜 이렇게 꼬이는 걸까? 내가 뭘 잘못했다고 남편부터 아들까지 이리도 속을 썩이는 건지 모르겠어. 오빠, 나 정말 힘들어서 미칠 것 같아. 하나밖에 없는 아들, 내가 얼마나 잘 키우려고 했는데. 오빠도 잘 알잖아. 나 정말 고생 많이 했는데 아무도 몰라줘……."

한 손으로 가슴을 쥐어뜯으며 통화하던 엄마는 결국 울음을 터뜨리고 말았다. 선욱은 차마 더 들을 수가 없어서 자기 방으로 갔다. 침대에 벌렁 눕곤 몸을 웅크린 채 속을 끓이다가 문득 낮에 선생님이 준 명함이 떠올랐다. 교복 바지 주머니를 뒤적여 명함을 꺼낸 선욱은 책상으로 가서 핸드폰을 집었다. 하지만 통화 버튼을 누르진 못했다. 자칫 일이 더 커질 수도 있다는 두려움 때문이었다. 선욱은 만지작거리던 명함을 도로 교복 바지에 쑤셔 넣었다.

"에휴, 몰라. 어떻게든 되겠지."

뒤척이던 선욱은 그대로 잠이 들었다.

다음 날, 창문으로 들어오는 따가운 햇볕에 눈을 뜬 선욱은 책상 위 시계를 보자마자 화들짝 놀랐다.

"지각이다!"

선욱은 침대에서 벌떡 일어났다가 도로 주저앉았다.

"아, 맞다. 오늘부터 안 나가도 되지."

머쓱한 듯 머리를 긁적거리면서 밖으로 나오는데, 앞치마를 두른 엄마가 상을 차리는 모습이 보였다.

"어? 오늘 회사 안 갔어?"

"월차 냈어."

어제 술 취한 모습과는 정반대로 차분한 모습에 선욱은 어리둥절했다. 사과할 타이밍으로는 좀 어색했지만 빨리 하는 게 좋겠다는 생각에 선욱은 억지로 말을 쥐어짜냈다.

"어, 그러니까 어제……."

"밥 먹으면서 얘기하자. 씻고 나와."

칼로 딱 자르는 것 같은 엄마의 말에 선욱은 냉큼 화장실로 들어가서 세수만 하고 나왔다. 선욱이 식탁에 조심스럽게 앉자 먼저 앉아 기다리고 있던 엄마가 입을 뗐다.

"어제 네 외삼촌이랑 통화했다."

"외삼촌?"

고개를 끄덕거린 엄마가 숟가락을 들어 된장찌개를 휘휘 뒤적거렸다.

"엄마 여행 갈 동안 너는 거기 가 있어."

"뭐라고?"

숟가락을 들려던 선욱이 놀라서 엄마를 쳐다봤다.

"나 외삼촌은 본 적도 없는데?"

"어릴 때 봤잖아. 네 살 때인가, 다섯 살 때."

"내가 그때를 어떻게 기억해? 게다가 뜬금없이 웬 외삼촌?"

"어젯밤에 전화해서 우리 사정 얘기했더니 일단 내려보내라고 하더라."

"나를? 어, 어디로?"

말까지 더듬는 선욱에게 엄마가 말했다.

"어디긴, 외삼촌네 집이지."

"정말이야?"

선욱이 울상이 된 채 묻자 엄마는 된장찌개를 뒤적이던 숟가락을 꺼냈다.

"내가 너 하나 믿고 지냈는데 이젠 너무 힘들다."

"아, 또 그 소리. 그건 알겠어. 그럼 엄마는? 엄마도 같이 가는 거지?"

한숨을 길게 쉰 엄마가 숟가락을 식탁에 내려놨다.

"너 이제 중 3이야. 네 인생은 네가 알아서 해야지. 사고를 그렇게 치고 다니면 어떡해. 말했잖아. 엄마는 여행 갈 거야. 엄마도 좀 혼자만의 시간을 갖고 쉬어야 하지 않겠어? 그러니까 너 혼자 내려가 있어."

"뭐라고? 나 겨우 중 3이야. 아무리 그래도……."

"아무튼 밥 먹고 짐 싸서 외삼촌네로 가."

"엄마, 생각할 시간은 줘야지. 이러는 게 어디 있어?"

선욱이 목소리를 높였지만 엄마는 들은 척도 안 했다.

"너는 언제 나한테 예고하고 사고 쳤니? 아무 말 말고 그렇게 해."

"그럼 엄마 여행 갔다 오는 동안 내가 집 지키고 있으면 안 돼?"

선욱이 다급하게 애원했지만 엄마의 반응은 싸늘했다.

"누구 맘대로? 얼른 밥 먹고 짐이나 챙겨."

"지금 밥이 목구멍으로 넘어가게 생겼어?"

선욱은 아양도 부려보고 짜증도 내봤지만 엄마에게 먹히지 않았다. 결국 포기한 선욱이 물었다.

"아, 알았어. 어디로 가야 하는데?"

"후남 마을."

처음 들어본 이름에 선욱이 눈을 껌뻑거렸다.

"거기가 어딘데?"

"전라도 광주 남쪽에 있는 마을이야."

"뭐라고? 외삼촌이 왜 거기서 살아?"

외삼촌 집이 광주라는 것에 놀란 선욱은 벙한 얼굴로 엄마의 얘기를 기다렸다.

"거기가 엄마 식구들 고향이야. 엄마도 거기서 태어났고. 엄마는 고등학교 졸업하자마자 일찍 서울로 올라왔어. 네 외삼촌은 거기서 쭉 살았고."

"아니 그걸 왜 이제야 말해?"

선욱의 날선 물음에 엄마가 한숨을 쉬었다.

"네 할아버지가 상견례 자리에서 하도 전라도 출신은 믿을 수가 없다고 해서 그냥 서울 출신이라고 해버렸어. 그리고 이혼하고 너 키우느라 그런 것까지 말할 겨를도 없었고. 나도 네 외삼촌과는 거의 십 년 만에 통화한 거야."

뭔가 더 얘기하려다 입을 다문 엄마는 갑자기 밥을 먹기 시작했다. 식어버린 된장찌개를 후루룩 넘기는 소리에서 선욱은 '너와 더 얘기하고 싶지 않다'는 엄마의 완강함을 느꼈다.

민병이 머리를 다친 것, 억울하게 누명을 쓰고 출석정지를 당한 것, 갑자기 엄마가 여행을 간다는 것. 이 모든 일들이 고작 며칠 사이에 일어났다는 사실보다 선욱을 더 큰 충격에 빠뜨린 건, 알고 보니 자신이 그렇게 놀리고 비아냥댔던 전라도의 핏줄을 이어받았다는 점이었다.

"내가 일곱 시 출신이었다니……."

저도 모르게 중얼거리던 선욱은 엄마가 이상하게 쳐다보자 황급히 밥을 먹는 척했다.

후남 마을

KTX 열차를 타고 광주송정역에 도착한 선욱은 다시 지하철을 타고 녹동역으로 갔다. 가는 동안 사방에서 들려오는 사투리 때문에 미칠 것만 같았다. 왠지 능청스러운 말투로 다들 뒤통수칠 기회만 노리는 것처럼 보였다. 녹동역에서 내린 선욱은 밖으로 나와 근처에 있는 버스 정류장으로 향했다.

"여기서 아무 버스나 타고 종점에서 내리면 된다고 했지?"

가방을 바짝 추어올린 선욱은 버스가 오는 소리에 본능적으로 고개를 돌렸다. 낯선 지명 이름이 잔뜩 달라붙은 버스가 덜덜거리며 멈춰 섰고 선욱은 앞문으로 올라탔다. 선욱은 맨 뒷자리에 앉아 창밖을 무심하게 바라봤다. 버스는 곧 교외로 빠져나갔고, 비닐하우스들이 간간이 보이는 시골 풍경이 눈에 들어왔다. 선욱은 믿기지 않는다는 표정으로 혼잣말을 했다.

"내가 어쩌다 여기까지 온 거야……."

시작은 부모님의 이혼이었다. 사업에 실패한 아빠와 오랜 별거 끝에 헤어지기로 결심한 엄마는 곧바로 생활 전선에 뛰어들었다. 엄마가 없는 빈집 대신 선욱이 택한 것은 친구들이었다. 아무 데나 침을 뱉으면서 오토바이로 폭주를 뛰는 아이들도 나름 서열이 있고, 깡이나 돈이 없으면 위로 올라갈 수 없다는 사실을 알게 되었을 때 선욱은 낙담했다. 학교도 마찬가지였다. 부모님이 변호사거나 교수거나, 아무튼 누가 들어도 고개를 끄덕일 사람이라면 자식이 무슨 짓을 해도 넘어갔다. 그 앞에서 아이들은 알아서 기었고, 선생님도 통제하지 못했다. 선욱도 어쩔 수 없었다. 단지 살기 위한 방편으로 어떻게든 그들과 가깝게 지내보려 했지만 결과적으로는 실패하고 말았다. 언제나 아들 먼저 생각하고 감싸주던 엄마가 이젠 싸늘한 모습을 보였다. 꼭 혼자가 된 것만 같았다.

이런저런 생각에 잠긴 사이, 어느새 버스가 종점인 버스 회사 주차장으로 덜커덩거리며 들어섰다. 주황색 버스들이 줄지어 선 가운데 운전기사들이 삼삼오오 모여서 얘기를 나누고 있었다. 카드를 찍고 뒷문으로 내린 선욱은 얼른 그곳을 빠져나왔다. 큰 도로 건너편에 '후남 마을'이라는 표지판이 보였다. 그걸로는 마을 입구임을 알리기에 부족했는지 커다란 돌에 마을 이름을 새겨놓았다.

"촌스럽게 저게 뭐야."

선욱은 코웃음을 치며 투덜거리다 방금 내린 버스의 운전기사가 휙 지나가자 화들짝 놀랐다. 혹시나 알아듣고 해코지를 할까봐 선욱은 횡단보도의 신호등이 바뀌자마자 후다닥 뛰어갔다. 후남 마을의 입구 왼쪽에는 커다란 저수지가 있었는데 반대쪽에 '후남 마을 저수지'라는 입간판이 세워져 있었다. 마을 안으로 들어가는 길 옆쪽으로 기념비 같은 것도 보였다. 선욱은 비에 새겨진 글씨를 읽어 내려갔다.

"광주 5·18 민주화운동 기념비? 참, 이 동네는 폭동도 기념하나봐. 어이가 없네."

그 앞에 침을 뱉은 선욱은 재수 없다는 표정을 지으며 안쪽으로 걸어 들어갔다. 조금 떨어진 곳에 2층짜리 건물이 보였다. 1층에는 마을회관 겸 경로당, 2층에는 민주화운동 역사관이라는 팻말이 걸려 있었다. 건물 앞에 있는 팔각정에는 할아버지들 몇몇이 옹기종기 모여 있었다. 걸쭉한 사투리가 새어 나오자 선욱은 얼굴을 찡그리며 귀를 막았다.

"어휴, 저 사투리. 진짜 듣기 싫어."

마을회관과 정자를 지나자 후남 식품이라는 간판이 붙은 커다란 건물이 나왔고, 옆에는 그 공장 직원 자녀들이 다니는 것으로 보이는 유치원이 있었다. 그리고 그 뒤에는 여러 갈래로 나뉜 길들이 보였다. 선욱은 핸드폰 내비게이션이 표시해 주는 방향을 따라 걸었다. 아스팔트가 깔린 길 좌우로 집들이 죽 이어져 있었는데 그중에는 커다란 대문에 제법 넓은 정원을 가진 집도 있어서 놀라웠다.

"웬일이야? 이런 촌구석도 좀 사는 모양이네."

점점 경사가 급해지고 구불구불해지는 길을 따라 걷던 선욱은 잠시 멈춰 서서 거친 숨을 내쉬었다.

"아이! 더럽게 머네."

숨을 고르며 투덜거린 선욱은 다시 길을 걸었다. 얼마쯤 걷자 집들은 드문드문해지고 아스팔트 대신 콘크리트가 깔린 야트막한 언덕길 위로 붉은색 지붕이 나타났다.

"저기네."

엄마는 '언덕 위의 빨간 지붕'이 외삼촌 집이라고 했다. 옷 매무새를 추스른 선욱은 괜히 헛기침을 크게 한 번 하고 다시 언덕을 올랐다. 적진이나 다름없는 곳에서 선욱은 기억도 나지 않는 외삼촌과 외숙모를 만나야 했다. 당장이라도 서울로 돌아가고 싶지만 그랬다가는 엄마가 정말 자식 취급도 안 해줄 것만 같았다.

"한 달만, 아니 보름만 버티고 가자. 엄마도 보름이 지나면 마음이 풀어져서, 내가 가고 싶다고 조르면 들어주실 거야."

머릿속으로 계획을 짜면서 천천히 언덕길을 올라가던 선욱은 갑작스럽게 들려오는 큰 개 짖는 소리에 화들짝 놀라고 말았다.

"컹컹!"

"아이씨! 뭐야?"

그때 덜컹하는 소리와 함께 녹색 대문이 열렸다. 긴장한 선욱이 마른 침을 꿀꺽 삼키는 가운데, 키 크고 깡마른 아저씨가 모습을 드러냈다.

"니가 선욱이냐? 오선욱이?"

"네, 네……."

한눈에 알아봤다. 외삼촌이었다. 농협 마크가 붙은 녹색 모자에 하얀 점퍼 차림을 한 외삼촌이 어줍게 서 있는 선욱에게 말했다.

"올 시간이 폼세 지났을 것인디, 안 와가꼬 전화해볼라 그랬다."

외삼촌이 날카로운 눈으로 위아래로 훑어보자 선욱은 억
지웃음을 지었다.

"아, 길 좀 찾느라고요."

"뭣 허냐. 얼른 안 들어오고."

외삼촌이 선욱에게 손짓하고는 쑥 들어간 대문 안으로, 선
욱도 냉큼 따라 들어갔다. 대문 바로 오른쪽에 있는 개집에서
아까 짖어댄 똥개가 혀를 날름거리면서 꼬리를 흔들었다. 선
욱은 잠깐 마당에 서서 집 안을 둘러봤다. 기역자형으로 꺾인
구조에 옛날 드라마에서나 봤음직한 낡은 구옥이었다. 마당
한쪽에는 항아리들이 들쑥날쑥 모여 있었고, 담장에는 박물관
에서 봤던 갈퀴 같은 농기구들이 세워져 있었다. 저도 모르게
입을 반쯤 벌린 채 서 있던 선욱에게 외삼촌이 텁텁한 목소리
로 물었다.

"여그 온 기억은 나냐?"

"아니요. 전혀요."

"그랄 것이다. 저그 끝방을 써라."

"네."

어정쩡하게 인사하는 선욱을 보며 외삼촌이 대문을 가리

켰다.

"밭에 나간 니 외숙모 데꼬 올랑께 거시기 하고 있어라."

"아, 네."

외삼촌이 대문 밖으로 나가자 잠잠하던 똥개가 다시 짖기 시작했다. 대청에 걸터앉은 선욱이 두 손으로 얼굴을 감쌌다.

"이런 시골에서 한 달을 지내야 하는 거야? 돌아버리겠네. 근데, 거시기가 뭐지."

잠시 후, 외삼촌과 함께 수건을 머리에 뒤집어쓰고 파란색 플라스틱 대야를 옆구리에 낀 외숙모가 들어섰다. 그 모습이 텔레비전에서나 보던 시골 아주머니와 너무나 똑 닮아서 하마터면 뽐을 뺄 뻔했다. 외숙모는 풀 같은 게 잔뜩 들어 있는 플라스틱 대야를 마당에 쿵 내려놓더니 대뜸 달려와 두 손으로 선욱의 얼굴을 꽉 움켜잡았다.

"오메! 아가, 니가 선욱이냐?"

"네."

놀란 선욱은 황급히 대답하는 한편, 속으로는 '제발 매너 좀!' 하며 짜증을 냈다. 얼굴에서 손을 뗀 외숙모가 한참이나 선욱의 얼굴을 요리조리 들여다봤다.

"그 째깐하던 것이 겁나게 커버렸고만. 오니라고 욕봤다. 배고플 것인디 쫌만 있어봐라. 밥 줄 것잉께."

"네."

대충 저녁을 차려주겠다는 말로 알아들은 선욱은 짧게 대답하고, 외삼촌이 알려줬던 맨 끝 방으로 갔다. 서울 집처럼 문을 열고 신발을 벗는 게 아니라, 마치 사극에 나오는 것처럼 밖에서 신발을 벗고 마루에 올라 미닫이문을 열고 들어가야 하는 게 너무 어색했다. 그래도 난생처음 본 것 같은 외삼촌, 외숙모와 계속 서먹한 분위기로 대청에 있으니 이런 방이라도 들어가 혼자 있는 게 나을 것 같았다. 하지만 문을 여는 순간, 코를 찌르는 냄새에 저절로 얼굴이 찌푸려졌다.

"젠장! 무슨 냄새야?"

선욱의 방보다 조금 작은 방에는 오래된 장롱과 책상이 있었다. 옛 물건들이 풍기는 특유의 쿰쿰한 냄새가 방 안에 가득했다.

"침대도 없네. 뭐 예상은 했지만……."

당장 서울로 올라가고 싶은 생각이 굴뚝같았다. 하지만 돌아가도 반겨줄 사람이 없었다. 엄마는 해외여행을 간다고 했고, 실제로 안방에서 캐리어를 꺼내놓은 것까지 봤다. 단지 선욱을 반성시키기 위한 거짓말은 확실히 아니었다.

"아씨, 내가 뭘 잘못했다고."

갑자기 익숙하던 집을 떠나 낯선 시골로, 그것도 그렇게 싫어하던 전라도로 내려왔다는 사실에 망연자실하며 선욱은 가방 안에서 핸드폰을 꺼냈다.

"망할! 와이파이도 안 뜨네."

아껴둔 데이터를 써야 한다는 사실에 짜증이 난 선욱은 뒷머리를 신경질적으로 긁었다. 퀴퀴한 냄새에 머리까지 아플 지경이었다. 선욱은 아무렇게나 벽에 기대앉아 준섭에게 카톡을 보냈다.

> 수업 끝났어?

방금.

> 뭐 해?

뭐 하긴. 학원 가지. 넌 어디야?

준섭이 물음표가 달린 이모티콘과 함께 답장을 곧장 보내오자 선욱은 안도의 한숨을 쉬었다.

시골에 왔어. 학교는 어떠냐?

왜? 네가 없으면 다들 그리워할 줄 알았어?

그건 아니고.

한혁이가 잠잠해.

진짜?

몸 사리는 거지. 네가 뒤집어썼다는 거
알 만한 애들은 다 알아.

알긴 아네.

담임이 학교에 계속 얘기하나봐.

뭘?

출석정지 줄여달라고.

아.

원래는 전학 간다고 할 때까지
너 계속 출석정지였나봐.

일곱 시한테 신세 지는 거 싫은데.

카톡을 날린 뒤, 선욱은 문득 지금 자신이 있는 곳이 바로 일곱 시들의 본진 광주라는 게 떠올라 피식 웃음이 터졌다.

> 야. 지역 드립 좀 그만해. 아직도 정신 못 차려?

> 어쨌든 나 없는 동안 학교 잘 부탁한다.

> 지랄.

> ㅋㅋ

> 학원 버스 왔다. 나중에 봐.

준섭과의 대화가 끊겼다. 선욱은 누구라도 좋으니 얘기를 더 나누고 싶었다. 카톡할 만한 다른 아이들을 찾아봤지만 딱히 떠오르는 사람이 없었다. 선욱은 주저하다가 엄마에게 카톡을 남겼다.

> 1 엄마, 나 도착했어.

두근대며 답장을 기다렸지만 한참이 지나도 숫자 1은 지워지지 않았다.

"엄마 맞아? 아무리 그래도 엄마가 이러면 안 되지!"

침침한 방 안에 선욱의 공허한 목소리가 맴돌았다. 화를 내도 들어줄 상대가 없었다. 지금 선욱은 자신이 그렇게 비하하던 전라도에 와 있고, 찌든 냄새가 가득한 골방에 혼자 처박혀 있다. 선욱은 핸드폰을 내려놓으며 중얼거렸다.

"제발 다 꿈이면 좋겠다."

거기에 대답이라도 하듯 벌컥 문이 열렸다. 화들짝 놀란 선욱에게 외숙모가 말했다.

"아야 선욱아! 나오니라, 밥 묵게."

미리 노크 좀 해달라고 말할까 심각하게 고민했지만 무덤덤한 외숙모의 얼굴을 보면서 포기했다. 선욱은 심드렁하게 대답하면서 밖으로 나왔다. 대청에는 밥상이 차려져 있었다. 외삼촌이 밥상 앞에 앉으며 선욱에게 얼른 오라고 손짓했다. 선욱은 엉거주춤 자리에 앉았다.

"나오라 그라믄 싸게싸게 나오니라."

밥은 산더미같이 많았지만 반찬은 상추와 나물, 멸치와 콩자반이 전부였다. 고기는 눈을 씻고 찾아봐도 없었다. 전라도에 가면 상다리 휘어지게 나온다더니 다 헛소문이었다. 선욱이 속으로 혀를 차는데, 외숙모가 상 위에 김이 모락모락 나는

뚝배기를 올리며 말했다.

"입에 맞을랑가 모르겠네. 그래도 많이 묵어라잉."

입맛에 안 맞으면 많이 못 먹는 것 아니냐고 농담인 척 받아치고 싶었지만 차마 그럴 수 없었다. 이런 곳에선 영원히 적응할 수 없을 것 같았다. 아무리 친척이라지만 나이 차도 많은 외삼촌, 외숙모와 친해지기는 어려울 듯했다. 여러모로 생각이 많았지만 배가 고팠던 선욱은 우걱우걱 입에 밥을 털어 넣었다. 그 많던 밥이 금방 줄었다. 외숙모가 상추 물기를 획획 털어서 선욱에게 건네주며 말했다.

"오메 시장했는갑네. 밥 더 주끄나?"

"아, 아뇨. 배불러요."

필사적으로 웃으며 말하는 선욱을 외삼촌이 거들었다.

"배부른가 보네. 됐고 숭늉이나 가져오소."

선욱은 외숙모에게 숭늉 말고 콜라 같은 건 없냐고 물어볼까 하다가 그만뒀다. 포만한 듯 길게 트림을 한 외삼촌이 선욱에게 물었다.

"선욱이 니는 인자 으짤 것이냐?"

"네? 뭐가요? 아, 아…… . 공부해야죠."

잘못했다가는 논이나 밭에 끌려갈지 모른다는 생각에 냉

큼 마음에도 없는 대답을 했다. 그러자 외삼촌이 흡족한 표정을 지었다.

"그랴, 으짜든지 공부는 해야제."

외삼촌의 잔소리는 외숙모가 숭늉을 가져올 때까지 계속되었다. 숭늉은 적당히 식어 의외로 맛이 구수했다. 남김없이 다 마신 선욱에게 외삼촌이 말했다.

"다 묵었으믄 따라오니라. 소화도 시킬 겸 메리 데리고 동네나 한 바퀴 돌자."

"아, 네."

외삼촌은 아마 잠시라도 쉬는 꼴을 못 보는 사람일 거라고 선욱이 속으로 투덜거렸다. 그래도 오늘은 첫날이니 외삼촌이 하자는 대로 따르기로 했다. 후딱 화장실에 갔다 온 선욱은 신발을 구겨 신고 마당으로 나왔다. 그사이, 농협 모자를 눌러쓴 외삼촌이 메리랑 같이 대문 앞에 서 있었다. 메리가 혀를 내밀고 다가오자 선욱은 슬슬 뒷걸음질을 쳤다. 집 안에서 지내는 강아지도 아니고 흙바닥을 뒹구는 똥개라 몹시 더러울 거라는 생각 때문이었다.

"어디로 가실 거예요?"

"기냥. 이라고 한 바퀴 돌고 말제."

목줄도 안 채운 메리가 꼬리를 흔들며 앞장서고 외삼촌이 뒷짐을 진 채 비탈길을 내려갔다. 선욱은 구겨 신은 신발을 제대로 신으면서 외삼촌의 뒤를 쫓아갔다. 외삼촌이 길을 내려가며 선욱에게 조심스럽게 말했다.

"느그 으메한테 들었다."

"무슨 얘기요?"

"핵교서 사고 쳤다면서?"

"그게 오해가 좀 있어서……."

선욱은 차마 그 '사고'가 전라도 출신의 선생님을 험담한 낙서와 관련 있다는 건 말할 수 없었다. 엄마도 자세한 내용을 전달하진 않았는지 외삼촌은 더 이상 묻지 않았다.

"어릴 때는 사고도 치고 다 그란 것이제. 계속 그라지만 않으면 돼. 올라가믄 느그 으메한테 잘해라잉."

"네."

선욱은 사실 하나뿐인 아들을 시골에 버리고 해외여행을 간 엄마에게 삐쳐 있었다. 그런데 막상 멀어지니까 한나절밖에 되지 않았는데도 그리웠다. 외삼촌은 그 후로도 꼰대 같은 소리들을 늘어놓다가 아스팔트 깔린 길에 접어들면서부터는 아무 말이 없었다. 그러다 마을 입구에 도착할 즈음 다시 말을 걸기 시작했다.

"아까참에 오면서 저것은 봤지야?"

"마을회관이요?"

"잉. 갱노당으로도 쓰고. 지작년에 깨끗이 지어서 높은 사람들도 막 오고 그랬제."

외삼촌은 자랑스럽다는 듯 그쪽으로 성큼성큼 걸어갔다. 팔각정에는 선욱이 올 때 봤던 할아버지들이 아직도 그대로 있었다. 외삼촌은 할아버지들에게 농협 모자를 벗고 반갑게 인사를 했다. 할아버지들과 한참 떠들썩하게 얘기하던 외삼촌이 어정쩡하게 서 있는 선욱을 불렀다.

"서울서 조카가 와서 음마간 있을 것인디, 어르신들한테 인사 시킬라고 데꼬 왔어라."

외삼촌이 '서울'에 유독 힘주어 말하자 할아버지들은 제각각 서울과의 인연을 얘기했다. 자기가 소싯적에 서울 어디어디서 살았고, 지금 친척들 누가 어디어디서 사는데 혹시 아느냐고 묻는 바람에 정신이 없어진 선욱은 애매하게 웃었다. 그때 회장님이라고 불리는 할아버지가 물었다.

"그란디 핵교는? 아적 방학은 아닐 것인디 으짠다고 내려왔으까?"

뜨끔해진 선욱이 잽싸게 거짓말로 둘러댔다.

"몸이 좀 안 좋아서 쉬러 왔어요."

그러자 할아버지들은 다들 어디서 또 들은 게 있는지 '미세먼지' 얘기를 꺼내며 웅성거리기 시작했다. 선욱은 외삼촌에게 제발 살려달라는 눈빛을 보냈다. 그걸 눈치챘는지 외삼촌이 말했다.

"어르신들, 그라믄 저희는 인자 가볼 테니까 말씀들 나누시쇼."

그렇게 자리를 뜨려는데 회장 할아버지가 말했다.

"기냥 갈라고? 거시기 역사관은 안 봬주고?"

할아버지가 가리킨 곳은 '민주화운동 역사관'이라는 글씨가 유리창에 붙어 있는 마을회관 2층이었다. 선욱은 거기까지 둘러보고 싶은 생각이 추호도 없어서 빠져나갈 궁리를 하고 있는데 다행스럽게도 외삼촌이 나서줬다.

"다음에 또 오께라. 그때 보믄 되제라. 저희 가요잉."

인사를 마치고 집으로 돌아가는 내내 외삼촌은 말이 없었다. 침묵이 길어지자 선욱은 좀 어색했다. 결국 식품 공장을 지나갈 즈음해서 선욱이 먼저 입을 열었다.

"저기 역사관에 뭐가 있어요?"

"거시기 뭐 특별한 것이 있겄냐. 좋은 것을 볼라믄 딴 데를 가야제."

그러더니 집으로 가는 언덕길 쪽이 아닌 옆길로 샜다. 메리가 전봇대에 영역 표시를 하곤 다시 쪼르르 앞장섰다. 어디로 가는지 묻고 싶었지만 외삼촌이 착잡하고 무거운 표정을 하고 있어 섣불리 물어볼 수 없었다. 개울이 흐르는 좁은 길가로 과수원들이 보였다. 야트막한 아스팔트 길을 따라 과수원을 지나자 작은 공원이 나왔다. 선욱은 무슨 공원이길래 산자락을 깎아서 만든 건지 궁금했다.

"이런 데 웬 공원이에요?"

선욱이 묻자 외삼촌은 잠시 하늘을 바라보며 한숨을 쉬었다. 그러고는 공원을 등지고 조성된 작은 언덕 쪽으로 향했다. 새가 조각된 솟대가 어지럽게 꽂혀 있는 가운데 작은 조각상과 기념비가 있었다. 기념비에는 '후남 마을 5·18 희생자 위령비'라는 글씨가 새겨져 있었다.

"옛날에 여서 큰 난리가 있었다. 비극이었제. 그것을 잊지 말자고 이 위령비를 세워놓은 것이여."

"어떤 비극이요?"

선욱은 사실 기념비에 새겨진 5·18이란 숫자를 보자마자 외삼촌이 말하는 '난리'와 '비극'이 무엇인지 눈치를 챘다. 하지만 짐짓 모른 척했다. 폭동을 비극이라고 생각하는 아무것도 모르는 시골 사람에게 자신이 진실을 알려줄 절호의 기회라는 생각이 들었기 때문이다. 공부에는 딱히 흥미가 없는 선욱이었지만, 유튜브를 통해 섭렵한 지식은 상당했다. 특히 일곱 시와 관련된 내용은 교과서와 다른 '진실'을 알려주는 채널이 많아 챙겨본 터였다.

"1980년에 신군부가 정권을 장악해불고서는 전국에다가 계엄령을 내렸어야. 계엄령이 뭔진 아냐? 여튼 거기에 반발해가꼬 광주서 데모가 벌여졌제. 그란디 거기에 공수부대가 투입되어브렀어. 그것들이 힘없는 시민들을 걸리는 대로 뚜드려 패고, 죽이기까지 했제. 그란 것을 보고만 있겄냐? 사람들이 들고 일어났제."

외삼촌이 떨리는 목소리로 전하는 말은 모두 광주 폭동을 감싸는 전형적인 논리였다. 선욱은 위령비를 흘겨보며 속으로 혀를 끌끌 찼다. 그때 선욱의 표정을 본 외삼촌이 의아하다는 듯 물었다.

"거시기 요새는 핵교서 다 갈친다고 하든디?"

"배우긴 하죠. 하지만 잘못된 게 많아요."

"뭣이 그란디?"

"그러니까요……."

얘기가 길어지겠다고 생각한 선욱은 위령비 아래 벤치에 앉았다. 외삼촌도 맞은편에 앉자 선욱이 차분하게 말했다.

"일단 그날 제일 첫 번째 희생자는 경찰들이었어요."

"뭣이라고?"

외삼촌이 눈썹을 꿈틀거리며 반문하자 선욱은 다시 자세를 바로하고 말했다.

"한번 들어보세요. 그러니까 그날, 전남도청 경찰 저지선 쪽으로 돌진한 버스에 함평경찰서 소속 경찰들이 치었어요. 그것도 네 명이나요."

"그 야그는 들었다. 허지만 시민들이 더 많이 죽었어야."

이것이 소위 전형적인 물타기 수법이라고 생각한 선욱은 외삼촌을 바로 보며 말했다.

"당시는 박정희 대통령 사망 이후의 혼란기였어요. 대학생들과 노동자들의 시위로 분위기가 장난 아니었거든요. 그래서 비상계엄이 시행된 거였어요. 김일성이 언제 쳐들어올지 모르니까 하루빨리 사회를 안정시켜야 했죠."

속사포처럼 쏟아내는 선욱의 말을 외삼촌이 손사래를 치

며 가로막았다.

"나사 그란 것까지는 모른다."

"아니, 이제 아셔야 해요. 그래야 진실에 눈을 뜨실 수 있죠. 비상계엄 확대는 국무회의 의결이란 걸 거쳤어요. 당시 최규하 대통령 대행이 결정한 거예요. 광주뿐만 아니라 서울이랑 다른 지역에도 계엄군이 파견되었죠. 그런데 광주는 한 가지 문제가 있었어요."

"뭣이 문제였는디?"

"'그분'이요."

선욱은 그래도 외삼촌께 예의를 갖춘다는 마음으로 학교에서 한혁 패거리와 얘기할 때 쓰던 단어는 쓰지 않았다. 외삼촌이 잠자코 있자 선욱은 계속 말을 이어갔다.

"당시 광주 사람들이 시위하면서 가장 많이 외친 구호가 '김대중을 석방하라!'였어요. 김대중 대통령의 회고록에도 많은 광주 시민들이 나를 위해 희생했다고 적어놨고요. 그런데, 그게 비극의 시작이었어요."

외삼촌은 그 말이 듣기 싫은지 다른 곳을 응시했다. 선욱은 외삼촌의 표정을 살피며 조심스럽게 말을 이었다.

"게다가 계엄령은 곧 해제될 상황이었죠."

"그짓깔이여!"

갑자기 외삼촌이 격한 반응을 보였다. 하지만 선욱은 진실을 알려주겠다는 일념으로 얘기를 멈추지 않았다.

"그때 당시 계엄령을 연말까지 해제하겠다는 발표가 있었어요. 그 이후 서울과 다른 지역은 시위가 가라앉았고요. 광주만 유독 시위가 과열되었죠. 그리고 미국의 헤리티지 재단이라고, 굉장히 유명하고 똑똑한 사람들이 많이 모여 있는 연구소가 있어요. 거기 보고서에도 광주에서 일어난 사건은 폭동이라고 적었고요. 그래서 적지 않은 사람들이 북한이 개입한 거 아니냐고 의심해요."

"북한이 뭣 땜시?"

"걔들이 우리 대한민국을 흔들 기회를 가만히 놓치겠어요? 그래서 간첩들을 수백 명이나 광주로 보냈고, 그 간첩들이 선동해서 시위가 더 과격해졌다고 생각하는 사람들이 많아요. 당시 시위대 사진이나 영상 보면 마스크로 얼굴을 가린 사람들이 진짜 많거든요."

"그란 것은 나도 봤다."

"아니, 떳떳하면 왜 얼굴을 감춰요? 안 그래요?"

"……."

외삼촌의 침묵에 선욱은 삼촌이 자신의 얘기를 믿기 시작했다고 생각했다. 선욱은 쐐기를 박기 위해 덧붙였다.

"과잉 진압이긴 했지만 시위대가 먼저 과격하게 행동한 게 원인이었어요. 다른 지역처럼 젠틀하게 시위만 했으면 그런 비극은 일어나지 않았을 거예요."

"그라믄, 니 말은 우덜이 잘못했다는 것이냐?"

외삼촌이 착 가라앉은 목소리로 선욱의 눈을 뚫어져라 보았다. 선욱은 외삼촌이 감정적으로 치우치고 있다고 판단했다. 이제부터는 꼬투리 잡히지 않게 최대한 감정을 배제하고 중립적으로 얘기해야 했다.

"어, 그러니까, 저는 북한이 간첩을 보내서 배후에서 조종했다는 얘기까진 안 믿어요. 그리고 초기 시위도 이해하는 편이고요. 아마 그때는 순수한 시위대였겠죠. 하지만 과격해지기 시작하면서부터는 분명 폭동일 수밖에 없었을 거예요."

"폭동이라……."

"간단하게 생각해보세요. 일반 시민들이 모여서 무기고를 털고 장갑차를 끌고 나와서 군대에게 총격을 가했어요. 거기다 최초 사망자도 경찰이었고, 진압군은 시민들로부터 총격을 받기 전까지는 발포 명령을 내리지 않았어요. 시민들의 인명 피해가 큰 것은 안타까운 일이지만 시위대가 흥분해서 과격하게 행동한 건 분명하고, 그렇다면 공권력에 도전한 폭동이 맞잖아요. 이제는 냉정하게 보셔야 해요. 진실에 눈떠야 한다고요. 시대가 바뀌었어요."

외삼촌은 선욱을 쳐다보기만 할 뿐 별다른 반응이 없었다. 선욱은 그게 새로운 진실을 마주했을 때의 당혹감 같은 것이라고 생각했다. 그리고 이제 곧 외삼촌이 그 진실을 받아들이리라 기대했다. 그러나 잠잠히 들어줄 것만 같던 외삼촌의 얼굴은 차츰 붉으락푸르락해졌다. 예상 밖의 전개에 선욱은 덜컥 겁이 났다. 외삼촌은 주먹을 꽉 움켜쥐더니 크게 한숨을 내뱉으며 소리쳤다.

"니가 뭣을 안다고 그따구 소리를 하는 것이냐! 서울서 뭣을 으찌케 배웠는가는 모르겄다만 그것은 아니제. 아주 백주대낮에 공수부대 놈의 쉐끼들이 사람 패 죽이고, 쏴 죽인 것은 세상이 다 안다 이 말이여!"

쩌렁쩌렁한 첫소리가 사투리와 섞이면서 무시무시하게 느껴졌다. 선욱은 냉큼 태도를 바꿨다. 어차피 한 번에 달라지긴 힘들 거라고 생각했었다.

"사람마다 자기 입장에 따라 다를 수 있죠. 제가 너무 성급

했어요, 외삼촌."

선욱은 이곳에 와서 처음으로 외삼촌이라고 불렀다. 제 딴
에는 굉장히 공손한 말투라고 생각했지만 외삼촌은 여전히 성
난 얼굴을 하고 있었다.

"하늘이 알고 땅이 다 아는 일인디 서울 사람들은 그란 것
을 모른다고? 허어! 암튼 위령비까정 왔으니께 참배는 허고
가야 쓰겄다. 따라오니라!"

선욱은 외삼촌의 불호령에 찍소리도 않고 쪼르르 따라갔
다. 계단을 올라 위령비 앞에 선 외삼촌이 농협 모자를 벗고
고개를 숙였다. 딴청을 피우고 싶었지만 외삼촌이 무서운 눈
빛으로 쏘아보는 바람에 어쩔 수 없이 같이 고개를 숙였다. 하
지만 선욱은 실눈을 뜬 채 위령비를 노려봤다.

'이런 걸 세워두니까 사람들이 계속 속고 사는 거야.'

미신도 이런 미신이 없다는 생각에 분노가 치밀었다. 생각
해보니, 잘 다니던 학교에서 출석정지를 당하고 이런 깡촌에
내려온 것도 결국은 다 일곱 시들 때문이었다. 어리석고 고집
만 센 일곱 시들! 엄마가 이런 데로 자신을 보내고 갑자기 여
행을 떠나버린 것도 모두!

묵념을 끝낸 외삼촌은 말없이 발걸음을 돌렸다. 코를 킁킁

거리며 주변을 돌아다니던 메리는 이번에도 눈치 빠르게 앞장서서 갔다.

외삼촌은 집에 도착해서도 별말 없이 안방으로 들어갔다. 선욱도 긴장이 풀린 듯 방으로 들어가 바닥에 털썩 앉았다. 핸드폰을 들여다보니 숫자 1은 여전히 그대로였다. 낙담한 선욱은 문득 외로움을 느꼈고, 그 외로움은 곧 화로 변했다.

'하늘이 알고 땅이 안다고? 21세기에 들어선 지가 언젠데 아직도 듣고 싶은 것만 듣냐고.'

외삼촌 때문에 원치 않는 참배를 억지로 해야 했다는 사실에 선욱은 더 짜증이 났다. 그러다 번뜩 아이디어가 떠올랐다.

'그래, 위령비를 박살 내서 여기 사람들의 고정관념을 깨줘야겠어. 한혁이가 알면 분명 나를 다시 볼 거야.'

자기가 생각해도 정말 멋진 일인 것 같아 저절로 입꼬리가 올라갔다. 학교로 돌아가서 한혁에게 이곳에서의 무용담을 들려준다면 이번에는 패거리에 끼워줄지도 몰랐다. 선욱은 거사를 치를 시간과 방법을 계획하다 스르륵 잠이 들었다.

위령비

문제는 두 가지였다. 하나는 항상 선욱의 일거수일투족을 살피는 외삼촌이었고, 또 하나는 맨날 잠만 자다가 인기척이 나면 발광을 하는 메리였다.

첫 번째 문제는 생각보다 빨리 해결되었다. 며칠 뒤, 다 같이 아침을 먹는데 외삼촌이 불쑥 외숙모에게 이런 말을 했다.

"나 서울서 일이 있응께 갔다 올라네."

"뭔 일이 있는디요?"

외삼촌은 선욱을 힐끔 보고는 다시 말했다.

"지난번에 야그했던 거시기 있잖어."

두 분 사이에 뭔가 얘기된 게 있는지 외숙모가 고개를 한 번 끄덕이고는 말했다.

"그라믄 을마나 있을라고요?"

"한 사흘 있다가 올 것이여."

"괜찮겠소? 더 있어야 안 하요?"

대청 마루에 걸린 달력을 쓱 본 외삼촌이 숟가락을 들며 말했다.

"비닐하우스도 손봐야 하고, 할 일이 겁나게 많잖어."

"알았어라."

외숙모는 고개를 끄덕이며 밥을 먹었다. 그사이 외삼촌과 눈이 마주친 선욱은 어색하게 웃어 보이며 말했다.

"잘 다녀오세요."

"니는 메리 산책이나 잘 시켜라."

"네!"

이제 막 두 번째 문제도 해결되었다는 걸 깨닫고 선욱은 활짝 웃었다. 메리를 산책시킨다는 명분으로 나가면 되기 때문이었다. 외숙모는 집에 있는 시간보다 밭에 나가 있는 시간이 더 많아서 얼마든지 빠져나갈 수 있었다. 점심때 외삼촌이 서울로 가고, 선욱은 해가 저무는 저녁때를 타이밍으로 잡았다. 아침부터 밤까지 언제나 밝은 도시와는 달리, 시골은 저녁과 밤의 차이가 컸다. 사방이 어두컴컴해지는 밤이 되기 전 어스름한 저녁은 큰일을 도모하기엔 안성맞춤이었다. 저녁을 먹은 뒤 선욱은 마당 구석에서 찾은 낡은 목줄을 메리에게 채웠다. 그러고는 외숙모가 부엌에서 설거지하느라 정신없는 틈을 타 메리를 데리고 급히 뛰어나가면서 소리쳤다.

"메리 산책 시켜주고 올게요!"

대문 밖으로 나온 선욱은 언덕을 내려가서 곧장 위령비가 있는 공원으로 향했다. 중간에 CCTV가 있는지 확인하면서 혹시 주차된 자동차 블랙박스에 찍히지 않을까 한참 돌아서 갔다. 선욱은 만약 마을 사람들과 마주친다면 거사를 다음으로 미루기로 작정한 상태였다. 다행히 그 누구와도 마주치지 않고 목적지인 위령비가 있는 공원에 도착할 수 있었다. 벤치 손잡이에 메리를 묶어놓고 위령비 앞에 선 선욱이 중얼거렸다.

"이런 걸 세워놓고 있으니까 사람들이 오해하지. 애들도 계속 잘못 배울 거고. 민주화운동은 무슨 놈의 민주화운동? 폭동이지, 폭동."

뭐로 흠집을 낼까 생각하며 주변을 돌아보는데 마침 주먹만 한 돌이 보였다.

"오케이!"

선욱은 집어 든 돌로 위령비를 쳤다. 탁, 탁, 탁. 몇 번 내려치자 돌가루가 튀고 홈이 났다. 선욱은 자신이 뭔가 대단한 일을 해내고 있다는 희열을 느꼈고, 그럴수록 돌을 점점 더 세게 내리쳤다. 탁, 탁, 탁! 돌을 때리는 묵직한 소리가 고요한 산자락에 크게 울려 퍼졌다. 갑자기 덜컥 무서워진 선욱은 돌을 던져버리고 자리를 벗어나려 서둘렀다. 벤치에 묶어놓은 줄을 버벅거리며 풀자 메리가 시끄럽게 짖어대기 시작했다.

"야! 조용해!"

선욱은 메리의 목줄을 짧게 쥐고 내달렸다. 그러다가 문득 걸음을 멈췄다.

"이렇게 정신없이 내빼다가 마을 사람이라도 만나면 완전 끝나는 거잖아."

집들이 늘어서 있는 아스팔트 길로 가다가 마주치면 빼도 박도 못하고 범인으로 찍힐 게 분명했다.

"좀 돌아가야겠어."

주위를 둘러보니 아스팔트 길로 가기 전에 개울을 건너서 산으로 올라가는 오솔길이 보였다. 외삼촌 집으로 이어질지 알 수가 없어 선욱은 잠시 망설였다. 그때 공장에서 개 짖는 소리가 들려왔다. 이러다 누가 뛰쳐나오면 딱 맞닥뜨릴 게 뻔했다.

"에라, 모르겠다. 가다 보면 길이 나오겠지."

주저하던 선욱은 메리의 목줄을 잡고 개울 다리를 건넜다. 해가 저물어 어둑한 데다 나무가 드리운 그림자 때문에 오솔길은 더욱 컴컴했다. 선욱은 핸드폰 조명을 켜며 투덜거렸다.

"아휴, 빡치게 하나도 안 보이네."

산속의 오솔길은 아무 이정표도 없이 계속 이어졌다. 두려움이 엄습해 멈칫하는 찰나, 메리가 확 뛰쳐나가면서 선욱은 그만 목줄을 놓치고 말았다.

"야! 이 멍청한 똥개야!"

자유를 찾은 메리는 산 아래로 신나게 내달려갔다. 이러다 메리를 잃어버리면 범행이 들통날 수 있었기 때문에 선욱은 필사적으로 뛰었다.

"거기 안……. 으악!"

돌부리에 걸린 다리가 꼬이면서 선욱은 앞으로 주르륵 미끄러졌다. 돌과 흙이 깔린 산길이라 엄청 아팠지만 그것보다 메리를 잡는 게 더 중요했다. 손에서 떨어진 핸드폰을 찾기 위해 몸을 일으킨 선욱은 터져 나오는 신음을 참으며 욕설을 내뱉었다.

"개새끼! 잡히기만 해봐. 탕으로 끓여줄 테니."

터덜터덜 가는데 천만다행으로 메리는 저 앞에서 얌전히 기다리고 있었다. 메리가 꼬리까지 흔들며 헥헥거리자 선욱은 마음이 좀 누그러졌다.

"그래, 보신탕은 너무했지. 그냥 좀 맞자."

그 말을 알아들었는지 메리는 선욱이 가까이 다가왔을 즈음 또 달아났다.

"야!"

선욱은 욱신거리는 무릎을 부여잡으며 다시 뛰었다. 메리는 선욱을 놀리기라도 하듯 적당히 뛰었다가 돌아보고, 거리가 좁혀지면 다시 달아났다.

"뭐야, 달밤의 체조도 아니고."

숨이 턱에 차오를 때까지 메리를 쫓던 선욱은 갑자기 찻길이 나오자 화들짝 놀랐다. 찻길을 따라 띄엄띄엄 가로등이 있었고, '후남 마을'이라는 화살표가 있는 도로 표지판이 보였다. 메리는 그 표지판이 세워진 인도에 서서, 얌전하게 꼬리를 흔드는 중이었다.

"야, 너 도망친 게 아니라 날 여기로 데려온 거야?"

메리가 맞다는 듯 컹컹 짖었다. 선욱은 헤헤 웃으며 다가가 잽싸게 목줄을 집고는 힘껏 당겼다. 메리가 낑낑거리며 끌려왔다.

"그렇다고 나한테 똥개 훈련을 시켜? 이 동네는 사람이고 개고 죄다 마음에 안 들어."

선욱은 메리의 엉덩이를 살짝 때리고는 다시 줄을 길게 끌렀다. 어쨌든 메리 덕분에 길을 잃지 않았고, 중간에 마을 사람들과도 마주치지 않았기 때문이다.

"이제 집에 가자."

찻길을 따라가면 되었기 때문에 마음이 편해진 선욱은 콧노래를 흥얼거렸다. 그런데 그때 메리가 귀를 쫑긋 세우더니 인도 바깥쪽을 바라보면서 컹컹거렸다.

"또 뭔데?"

찻길을 조금만 벗어나도 가로등이 닿지 않아 어두웠다. 그래서 찻길로만 가는데 메리가 뭘 봤는지 계속 짖어대며 줄을 당겼다. 결국 선욱은 다시 핸드폰 조명을 켜고, 메리를 따라 인도 바깥쪽으로 들어섰다. 순간 발밑이 질척거려 조명을 비춰봤더니 땅이 너무 축축했다. 주위에 뭔가 있는 것 같았다.

"뭐지? 혹시 저거 저수지인가?"

찻길을 따라 제법 큰 저수지가 펼쳐져 있었다. 저수지는 어둠 속에 자리 잡고 있어서 그저 꺼멓게 보였다.

"경고 표지판이라도 세워두지, 이게 뭐야."

혀를 찬 선욱은 핸드폰을 들어 저수지 쪽을 쭉 비춰봤다. 그러다 철썩 파도 소리 같은 걸 들었다. 선욱은 그냥 그런가 보다 하고 넘어가려다가 이상한 느낌이 들었다.

"저수지에 웬 파도 소리? 바람도 없는데 뭐지?"

마른 침을 삼키며 선욱은 소리가 들리는 쪽으로 천천히 걸었다. 메리도 얌전히 따라왔다.

"대체 어디서 들리는 거야?"

선욱이 작은 조명에 의지하며 조금씩 가는데 저 앞에 바위 같은 게 보였다. 톱니처럼 날카롭게 튀어나온 바위였는데, 그 근처에서 왠지 소리가 나는 것 같았다.

"설마 귀신은 아니겠지?"

선욱은 학교에서 종종 들었던 자유로 귀신이 떠올랐다. 걸음을 멈추고 선욱은 메리의 목줄을 당겼다.

"그냥 돌아가자. 공포 영화 같은 거 보면, 가지 말라는데 갔던 애들이 꼭 죽거든."

메리도 같은 생각인 듯 헥헥 소리를 내며 찻길 인도 쪽으로 올라왔다. 그때 다시, 파도 소리가 들려왔다.

"아무래도 이상한데?"

호기심을 참지 못한 선욱이 저수지 쪽으로 슬금슬금 다가 갔다. 이번에는 소리가 뚜렷하게 들려서 어딘지 위치를 찾을 수 있을 것만 같았다.

"저쪽 같다. 그치?"

선욱의 중얼거림에 메리도 귀를 쫑긋 세웠다. 저수지의 가 장자리에 바위들이 보였고 그사이에서 소리가 들려왔다.

"대체 뭐야?"

눈을 아주 동그랗게 뜨고 바라보는데 바위 뒤에서 뭔가가 쓱 움직였다.

"헉! 귀, 귀신인가?"

화들짝 놀란 선욱은 메리를 꽉 끌어안았다. 자세히 보니, 선욱보다 어린 남자아이였다. 늘어진 러닝셔츠에 낡은 반바 지를 입은 깡마른 소년이었다. 아이 역시 두 팔을 늘어뜨린 채 놀란 눈으로 선욱을 바라봤다. 선욱이 메리를 내려놓으면서 말했다.

"야, 한밤중에 여기서 뭐하는 거야?"

선욱은 아이를 자세히 살펴보기 위해 바위 쪽으로 향했다. 그러자 아이는 겁먹은 표정을 짓더니 바위 뒤 어둠 속으로 사 라져버렸다. 선욱은 자신을 놀렸다가 말도 없이 사라진 아이

때문에 어안이 벙벙했다.

"하긴, 저쪽에서는 내가 귀신처럼 보였을 수도 있지."

선욱은 메리와 함께 인도로 돌아와 찻길을 따라 걸어갔다. 한참을 걷고 나서야 후남 마을 표지석이 나타났다. 반가운 마음에 괜히 표지석을 몇 번 쓰다듬은 선욱은 이제 익숙한 길을 따라 걸었다. 집에 도착한 선욱이 대문을 열자 대청에 앉아 있던 외숙모가 벌떡 일어났다.

"아가, 뭣 헌다고 이라고 늦어브렀냐?"

"죄송해요. 메리가 갑자기 뛰쳐나가서 길을 잃었어요."

"옷은 으짠다고 그라고?"

외숙모가 선욱의 윗옷을 보고 묻자 선욱이 대수롭지 않다는 듯 가슴팍에 묻은 흙을 털어내며 말했다.

"메리를 잡다가 넘어져서요."

"워메. 그라믄 다친 데는 읎고?"

"괜찮아요."

"그랴. 그라믄 얼른 씻고 자그라."

한숨 돌린 선욱은 냉큼 "네!" 대답하고는 화장실에서 간단히 씻고 방으로 들어갔다. 바닥에 앉자마자 선욱은 엄마에게 보낸 카톡을 확인했다. 1이라는 숫자가 0으로 바뀌기는 했지만 답장은 없었다. 카톡으로 화를 내려다가 그나마 읽었으니 다행이라 생각하고 핸드폰을 책상 위에 올려놨다. 선욱은 이불을 펴고 누워 잠을 청했다. 하지만 아까 저수지에서 마주친 깡마른 남자아이가 자꾸만 떠올라 쉬이 잠이 오지 않았다. 어쩐지 주눅 든 것만 같은 아이의 모습에서 학폭위에서 아무 말도 못했던 자신의 모습이 떠올랐다. 일을 크게 벌이지 않기 위해서라며 자기 합리화를 했지만 그건 누가 봐도 비겁한 변명이었다. 게다가 선욱은 한혁 패거리와 가까이 지내기 위해 한혁이 무시하는 애들을 덩달아 괴롭히기도 했었다. 그래도 친하게 지내는 무리가 있다고 생각했는데 이번 사고 때 선욱 옆에 서준 친구는 한 명도 없었다. 선욱은 모두가 등을 돌리고 자신을 외면했다는 생각이 들자 갑자기 눈물이 핑 돌았다.

"씨, 내가 뭘 잘못했다고!"

공부 못하고 집안이 별로인 아이들은 학교에서 투명인간 취급을 당하기 일쑤였다. 성적으로 학교의 명예를 높이지도 못하고 집안의 재력으로 학교의 부담을 덜지도 못하기 때문이다. 스스로도 알 만큼 눈에 띄는 차별에 치인 아이들에게는 학교가 지옥의 또 다른 이름이었다. 눈을 감은 선욱은 머릿속 설움들을 애써 지워버리려고 머리를 흔들었다.

"그래도 오늘 한 건 해냈잖아."

그때서야 증거 영상을 찍어놓지 못했다는 걸 깨달았다. 자신의 패기를 보여줄 절호의 기회였는데 깜빡하다니 안타까웠다. 선욱은 나중에라도 잊지 말고 꼭 찍어둬야겠다고 생각했다. 훗날 한혁에게 사진을 보여줄 생각을 하니 벌써부터 기분이 좋아졌다.

다음 날은 조용히 지나갔다. 거사 이틀째 되는 날 아침, 눈을 뜬 선욱은 폰으로 시간을 확인하고는 고개를 갸웃거렸다.

"열 시가 넘었는데 왜 안 깨웠지?"

외숙모는 항상 일곱 시가 되면 칼같이 선욱을 깨웠고, 여덟 시면 아침밥을 차려줬다. 머리를 긁적거리며 밖으로 나온 선욱은 집 어디에도 외숙모가 없다는 걸 그제야 깨달았다.

"밭에 나가셨나?"

하품을 길게 하면서 대수롭지 않게 신발을 신는데, 대문이 덜컹 열리며 외숙모가 급히 들어왔다. 선욱은 반가운 마음에 인사를 하려다 외숙모의 창백한 얼굴을 보았다.

"무슨 일 있어요?"

대답 대신 깊은 한숨을 쉰 외숙모는 대청에 털썩 앉더니 머리에 쓴 수건을 벗어 두 손으로 움켜쥐었다.

"오메오메. 도대체가 이것이 뭔 일인가 모르겠어야."

"무슨 일인데요?"

선욱은 대충 짐작이 갔지만 모르는 척하며 외숙모 옆에 앉았다. 외숙모가 더 큰 한숨을 쉬며 답했다.

"그랑께. 거시기 그 위령비에다가 어떤 놈이 흠집을 내부렀어."

"위령비면······. 산자락 작은 공원에 세워진 그거요?"

"잉. 그거. 마을 사람들이 십시일반으로다가 돈을 모아가꼬 세운 것인디 이것이 뭔 날벼락인지 알 수가 없어야."

외숙모가 넋두리처럼 늘어놓는 말을 들으며 선욱은 속으로 쾌재를 불렀다. 위령비에 흠집 좀 난 게 '날벼락'이라니! 본래 우상이 망가지면 광신도들이 날뛰는 법이다. 앞으로 마을 사람들이 어떻게 나올지 기대가 됐다. 하지만 속마음을 들키면 곤란했기 때문에 선욱은 크게 놀란 척했다.

"정말이요? 누가 그런 거예요?"

"그랑께. 어뜬 벼락 맞을 놈인지 몰라도 천벌을 받을 것이여. 암, 그래야제. 그것이 으찌케 세운 비석인디."

"주변에 CCTV 없어요? 그런 거 있으면 범인은 금방 잡히거든요."

선욱은 미리 없는 걸 확인했지만 혹시나 못 본 게 있나 해서 내심 떨며 물었다.

"그랑께 말이다. 마을 이장님이 그라신디 그것이 없었는갑드라야. 경찰이 와서 보고는 있드라만 거그도 뭣이 특별한 수는 없는갑드라."

"경찰이요?"

선욱이 깜짝 놀라 묻자 외숙모가 대답했다.

"마을 이장님이 신고해서 왔다글드라. 오메, 이것이 대체 뭔 일인지 모르겄어야. 쯧."

비석에 흠집 조금 난 게 경찰까지 올 일인가 싶어 의아했지만 선욱은 다시 태연하게 물었다.

"경찰이 신고를 접수했으면 곧 잡히겠죠?"

"그랑께 지금 거시기 마을 CCTV랑, 그 뭐시냐 자동차에 달린 그 뭔 빡스라 그라드라만."

"블랙박스요?"

선욱이 거들어주자 외숙모가 등을 쓰다듬으며 말했다.

"잉, 맞어. 그거. 우리 조카 똑똑하기도 하제. 그건가 뭔가도 다 확인한다고 그라드라. 어떤 놈인지 잡히기만 해봐라. 아주 기냥……."

선욱은 일단 맞장구를 쳤다.

"법대로 처벌해야죠. 그런 놈들은 본때를 보여줘야 해요."

"잉. 그라제, 그래야제. 하이고, 그 소리를 들응께 가심이 통개통개해가꼬 못 살겄시야."

"저랑 같이 가보실래요?"

"지금?"

외숙모의 물음에 선욱은 고개를 끄덕였다. 범인은 현장에 다시 나타난다는 속설 때문에라도 안 가고 싶었지만 경찰까지 다녀갔다는 얘기를 들으니 궁금해 미칠 것 같았다. 혼자 가면 의심을 살 테니 외숙모와 함께 가는 것이 낫겠다 싶었다. 잠시 생각하던 외숙모가 머리에 수건을 도로 썼다.

"잉. 그라자. 나도 한번 가봐야 쓰겄다."

위령비 아래쪽 공터에는 경찰차가 서 있었다. 선욱은 속으로 '이 무슨 공권력 낭비람!' 하고 혀를 차면서 위령비 쪽으로 올라갔다. 무전기를 든 경찰 두 명과 마을 주민들 몇몇이 위령비 주변에 모여 웅성거리고 있었다.

"마을 사람들이 다 나온 모양이네요."

"다 나와야제. 저것이 어떤 위령빈디."

폭동을 미화한 비석 아니냐는 말이 목구멍까지 차올랐지만 선욱은 입 밖으로 내뱉지 않았다. 외숙모는 마을 사람들과 인사를 나눴고, 선욱도 따라서 고개를 꾸벅 숙이곤 슬쩍 끼어들었다. 목소리가 제일 높은 건 회장 할아버지였다.

"보라고, 이것이 뭔 일이여! 도대체 누구 소행인지 얼른 밝혀내라고!"

할아버지의 성화에 나이 든 경찰이 곤란한 표정을 지었다.

"회장 어르신, 심정은 이해하는데 지금 주변에 CCTV도 없고, 봤다는 사람도 없어서 조사를 좀 해봐야 합니다."

옆에서 그 얘기를 들은 선욱은 안도의 한숨을 내쉬었다. 메리가 옆길로 새는 바람에 아무와 마주치지 않았다는 사실이 새삼 고마웠다.

"뭣이라고? 그라믄 기냥 이라고 있으라고? 방법이 있을 거 아녀? 느그들이 이 짓거리를 한 범인을 못 찾으믄 우덜이 시내로 가서 데모할 것이여! 데모!"

회장 할아버지의 이야기에 선욱은 역시 이 동네는 시위를 좋아한다면서 고개를 절레절레 저었다. 경찰이 난처한 표정을 지으며 말했다.

"일단 신고 접수했으니까요. 저희가 돌아가서 마을 입구에 있는 CCTV랑 중간중간 서 있는 차들 블랙박스에 혹시 여기를 지나간 사람이 있는지 확인해보겠습니다. 어르신은 혹시 짚이는 사람 없으십니까?"

회장 할아버지가 고개를 젓자 경찰은 한숨을 푹 쉬면서 무전기를 만지작거렸다.

"혹시라도 의심 가는 사람이 생기면 연락 주세요. 저희는 이만 경찰서로 돌아가서 보고를 해야 합니다."

"꼭 잡아줘야 돼야. 이것이 으떤 위령빈지는 자네도 잘 알제? 그라제?"

"저도 이 동네에서 산 지 십 년이 넘었는걸요. 걱정 마시고 돌아가세요. 제가 일간에 들를게요."

"그랴. 알았어잉. 자네만 믿을라네."

한숨 돌린 경찰이 위령비를 바라보며 말했다.

"그럼요. 그리고 여기 테이프 붙여놓은 곳 안으로는 절대 들어가지 마세요. 범죄 현장이라 들어가시면 안 돼요."

마을 사람들에게 신신당부를 한 경찰이 옆에 젊은 경찰에게 가자고 고갯짓을 했다. 혹시나 경찰들이 뭘 알아내나 싶어 바짝 쫄았던 선욱은 다시금 안도의 한숨을 쉬었다. 경찰차가 사라지자 회장 할아버지가 요란스럽게 기침을 하며 소리쳤다.

"어뜬 놈인지 천벌을 받고야 말 것이여! 잡히기만 해봐라 아주 기냥!"

회장 할아버지는 숨을 헐떡거리면서도 세상의 모든 욕이란 욕은 다 끌어서 내뱉었다. 제 발 저린 선욱은 혹시나 그 욕설의 화살이 자신을 향해 날아올까봐 어서 자리를 뜨고 싶었다.

"외숙모, 이제 집에 가요."

"잉, 그라끄나?"

외숙모는 마을 사람들과 요란하게 또 인사를 나누고는 돌아섰다. 집으로 가는 동안 선욱은 외숙모에게 물었다.

"저 위령비는 언제 세워진 거예요?"

고개를 갸웃거리며 생각하던 외숙모가 대답했다.

"한 십 년 되었으끄나?"

"그렇게 오래되진 않았네요. 그런데 왜 저렇게 난리가 난 거예요? 정 그러면 다시 복원하면 되잖아요."

"그게 아녀. 저것이 보통의 위령비가 아니께 그란 것이여야."

선욱은 속으로 '폭동을 미화하는 위령비니까 당연히 보통의 위령비는 아니겠지' 하고 생각했다. 선욱이 속마음을 숨긴 채 궁금하다는 표정을 짓자 외숙모가 한숨과 함께 답했다.

"마을 사람들이 다들 쌈짓돈을 모아가꼬 만든 위령비여. 그랑께 다덜 마음에 애착이 많은 것이여."

이곳 사람들이 통째로 5·18 역사를 잘못 알고 있다는 사실에 선욱은 학을 뗐다. 바깥 정보는 전혀 모르는 이런 사람들이 얼마나 많을까 생각하던 선욱은, 한혁의 말대로 차라리 전라도를 독립시키는 게 낫지 않을까 심각하게 고민했다.

외삼촌이 돌아온 건 한바탕 소동이 끝난 점심때였다. 외숙모에게 자초지종을 들은 외삼촌은 선욱을 차가운 눈으로 쏘아봤다. 순간, 선욱은 아차 싶었다. 그날 위령비 앞에서 진실에 눈떠야 한다고 외삼촌에게 말했던 것이 기억났기 때문이다. 움찔한 선욱은 방으로 도망치듯 들어갔다.

"어쩌지? 외삼촌이 내가 의심스럽다고 하면, 난 단박에 용의자가 되는데?"

지금이라도 솔직히 털어놓을까, 아니면 몰래 마을을 빠져나가서 서울로 튈까 고민하며 안절부절못하는데 방문이 벌컥 열렸다. 외삼촌이 무뚝뚝한 얼굴로 선욱을 쳐다봤다.

"밥 묵자."

선욱은 어정쩡하게 대답하고 대청으로 나갔다. 외숙모가

미리 차려놓은 점심 밥상에 앉아 숟가락을 든 선욱이 말했다.

"잘 먹겠습니다."

선욱이 깻잎에 밥을 연거푸 싸 먹는데 아무 말 없던 외삼촌이 불쑥 물었다.

"니는 아니제?"

"캑캑. 뭐, 뭐가요?"

선욱이 더듬거리며 되묻자 외삼촌이 짧게 대답했다.

"위령비 말이여."

"예? 위령비를 제가 뭘……. 제가 왜요?"

선욱은 숟가락을 놓고 억울하다는 표정으로 손사래를 쳤다. 그러자 외삼촌이 밥그릇을 내려다보며 말했다.

"그랑께. 니가 그럴 리가 없제."

선욱이 외삼촌의 눈치를 슬쩍 보며 말했다.

"그, 아까 외숙모랑 가보니까 CCTV도 없고 본 사람도 없다는데 범인은 잡을 수 있을까요?"

아무 말 없는 외삼촌을 대신해 외숙모가 말했다.

"그랑께. 뭔 단서가 있어야 잡제. 그란디 경찰 쪽에서는 혹시나 마을 사람들 중에 위령비에 해코지한 사람이 있는 거 아니냐 조심스럽게 그래놔서 마을이 뒤숭숭하드라만."

"네, 안타깝네요."

말은 그렇게 했지만 선욱은 무지한 마을 사람들에게 충격을 줬다는 점이 무척 뿌듯했다. 자꾸만 새어 나오는 웃음을 하마터면 참지 못하고 터뜨릴 뻔했다. 조용히 히죽거리는 선욱에게 갑자기 외삼촌이 말했다.

"후딱 묵고 마을회관 2층에 가보그라."

"거긴 왜요?"

짧은 침묵이 흘렀다.

"거그서 주말마다 봉사활동 댕기는 니 또리 아그가 있는디, 니랑 뭣인가 야그하고 싶은 모양이드라."

본격적인 포섭 시도라는 생각에 선욱은 잔뜩 긴장했다. 피하고 싶었지만 아까 외삼촌의 표정이 왠지 걸렸다. 선욱은 알겠다는 표시로 고개를 끄덕거렸다.

"오야. 언능 묵그라."

그 뒤로는 아무 말 없이 식사가 끝났다. 외삼촌은 헛기침을 크게 하고는 밭에 간다며 자리를 떴다. 외숙모가 준 숭늉을 다 들이켠 선욱은 방으로 돌아갔다. 엄마에게 다시 카톡을 보낼까 고민하며 시간을 보내다가 결심한 듯 일어났다. 밖으로 나온 선욱은 마을회관으로 터덜터덜 걸어갔다. 팔각정에는 늘 모여 있던 할아버지들이 보이지 않았다. 건물 옆으로 난 계단을 따라 2층으로 올라가자 유리문이 나왔다. 잠겨 있는 유리문 안쪽은 어두컴컴했다.

"아무도 없나? 뭐, 그럼 잘된 거지."

가봤지만 아무도 없었다는 핑계를 대면 외삼촌도 어쩌지 못할 거라는 생각에 흐뭇한 미소를 짓고 돌아서려던 그때, 유리문이 벌컥 열렸다. 선욱이 깜짝 놀라 비명을 지르려는데 한 여학생이 불쑥 얼굴을 내밀며 물었다.

"누구세요?"

놀란 선욱이 더듬거리며 대답했다.

"외, 외삼촌이 가보라고 해서⋯⋯."

긴 머리에 쌍꺼풀이 없고, 청바지에 티셔츠 차림인 여학생은 쭈뼛거리며 서 있는 선욱을 한번 쓱 훑어보더니 이윽고 입을 열었다.

"네가 서울에서 왔다는, 민기 아저씨 조카?"

"어? 어⋯⋯. 어."

"중 3? 맞지?"

선욱이 대답 대신 고개를 끄덕이자 여학생은 웃으며 대답했다.

"나도 중 3. 난 지희라고 해, 김지희."

"응······. 난 오선욱이야."

선욱은 지희가 반갑게 맞아주자 마음이 조금 놓였다. 지희는 문을 활짝 열고는 선욱에게 들어오라고 말했다. 역사관 안은 벽을 따라 진열장 몇 개와 두꺼운 책이 놓인 책상이 줄지어 있는 게 전부였다. 가운데는 모여서 얘기를 나눌 수 있도록 여러 책상들이 붙어 있었다. 그 자리로 가서 앉은 선욱에게 지희가 물었다.

"뭐 좀 마실래?"

"응."

지희가 팩으로 된 포도주스 두 개를 가져오더니 맞은편에 앉았다. 그리고 태블릿 피시를 앞에 놓고 뭔가를 찾으면서 말을 건넸다.

"민기 아저씨한테 얘기 들었어. 5·18 민주화운동 관련해서 이상한 소리를 했다면서?"

올 게 왔다고 생각한 선욱은 최대한 무표정하게 말했다.

"이상한 소리가 아니라 진실을 객관적으로 보자고 한 거야, 객관적으로."

"그래. 근데 네가 생각하는 객관적 진실이라는 게 뭔데?

북한이 무장간첩을 보내서 폭동을 조장하고, 시민들이 무장을 해서 군경에게 저항한 시위라는 거?"

"요즘 서울 애들은 그렇게 알고 있어."

선욱이 광주 사람인 지희와 선을 긋듯 잘라 말하자 지희가 피식 웃었다.

"나도 작년까지 서울에 있었어. 창동 쪽에. 혹시 알아?"

"아, 응. 그래서 사투리를 잘 안 썼구나. 근데 여긴 왜 와 있는 거야?"

"내가 오자고 했어. 아빠랑 이혼하고 엄마가 서울에서 너무 힘들어하셔서. 여긴 엄마 고향이니까 좀 낫지 않을까 하고 왔지."

태블릿 피시로 눈을 옮긴 지희가 말을 이어갔다.

"나도 처음 듣는 얘긴 아냐. 서울에 있을 때 5·18을 왜곡해서 얘기하는 사람들을 많이 봤어. 난 그게 이상하다고 생각했고, 여기 역사관이 있어서 공부도 할 겸 주말마다 자원봉사를 하고 있는 중이지. 찾았다!"

지희가 태블릿 피시 화면을 선욱에게 보여주며 말했다.

"시작은 1980년 5월 17일, 비상계엄령 확대였어. 당시 국회는 5월 20일부터 임시국회를 열어서 비상계엄령을 해제하고 유신헌법을 개정하는 논의를 하기로 합의한 상태였지. 신군부는 그걸 막기 위해서 계엄 확대를 선포한 뒤 정치인들을 체포하고 임시국회가 열리는 걸 방해했어."

지희는 차근차근 설명하기 시작했다. 여기 사람들처럼 '민주화운동'으로 믿게 만들려고 선욱을 설득하는 것이 분명했다. 선욱은 코웃음을 쳤다. 지희의 논리 정도는 박살 낼 수 있다고 자신하며 곧바로 반론을 펼쳤다.

"하지만 비상계엄령 확대는 정상적인 법적 절차를 밟아서 진행됐어. 그러니까 책임을 물으려면 최규하한테 물어야지."

선욱이 호기롭게 말했지만, 지희는 태블릿 피시만 들여다보며 화면을 넘겼다.

"그 얘기도 지겹게 많이 들었어. 비상계엄령 확대가 정상적으로 진행되었다고 어떻게 확신해?"

"그, 그거야……."

예상치 못한 반문에 선욱은 얼떨떨했다. 사실 선욱은 한혁패거리와 함께 늘 '5·18은 폭동'이라는 전제로 얘기를 나눴기 때문에 구체적인 부분들에 대해서는 깊이 생각해보지 않았고, 의문을 갖지도 않았다. 선욱이 우물쭈물하는 사이, 지희는 얘기를 이어나갔다.

"비상계엄령 확대는 국무회의에서 의결되었으니까 대통령 책임이다? 당시 회의가 열린 중앙청은 군인들에게 포위된 채 살벌한 분위기가 연출되었어. 을사늑약 때 일본군이 군사 훈련을 빙자하면서 총과 포를 쏴대며 협박한 것과 비슷했지. 자, 여기 봐봐. 1997년 대법원은 이런 행위가 내란죄에 해당된다고 판결했어. 그러니까, 정상적인 절차를 밟아서 진행되었다거나 당시 최규하 대통령 대행의 책임이라는 얘기는 틀린, 아니 완전히 틀린 얘기인 거야."

지희는 선욱에게 당시 대법원 판결문을 보여줬다. 선욱은 시작부터 밀릴 수는 없다는 생각으로 이의를 제기했다.

"하지만 다른 지역은 민정 이양을 발표하면서 잠잠했는데 광주에서만 문제가 발생했잖아."

"민정 이양?"

지희가 코웃음을 치며 대꾸했다.

"그럼 왜 비상계엄령을 해제하지 않았지? 오히려 발표 후에 김대중을 비롯한 정치인들을 체포하면서 대학교 휴교령과 언론 검열을 강화하는 조치를 취했어. 앞으로는 사탕발림을 해놓고, 뒤로는 군부독재의 길을 걸어가려고 했던 정황이 명확해. 그리고 5월 18일에 국회도 해산시켜버렸고. 대체 어떤 근거로 민정 이양을 약속했다고 하는 거야?"

"대통령이 담화를 발표했잖아!"

선욱은 자기도 모르게 목소리를 높였다. 지희가 더 많이 안다는 생각이 들자 자존심이 상했다.

"구체적인 일정이나 방향도 제시하지 않고, 그냥 민정 이양을 하겠다고만 한 거잖아. 그리고 이후에 민정 이양은 없었어. 광주에서 저항하지 않았다고 해도 과연 신군부가 순순히 물러났겠어?"

"그건 모르는 일이지."

"바로 그거야. 모르니까 저항한 거야. 그리고 너 민기 아저씨한테 미국 헤리티지 재단 보고서도 얘기했다며?"

드디어 반격의 실마리를 잡았다는 생각에 선욱은 씩 웃으며 말했다.

"제삼자고, 공신력 있는 연구소잖아. 거기서 무장 폭동이라고 얘기했으면 귀를 기울여야지."

"그게 아마 1985년 보고서였을 거야. 그때 무장 폭동일 가능성이 높다고 얘기한 건 사실이야. 하지만 1988년 이후 나온 보고서들에는 무장 폭동설이 더 이상 나오지 않아."

"뭐, 뭐라고?"

선욱은 당황했으나 지희는 놀랍지 않다는 표정으로 말을 이어갔다.

"생각해봐. 1985년이면 우리나라 사람들도 대부분 광주에서 무슨 일이 벌어졌는지 몰랐을 때야. 하물며 바다 건너 미국이라면 정보가 더 부족했을 거고. 넌 헤리티지 재단을 제삼자, 공신력 있는 연구소라고 했어. 그렇다면 1988년 이후에 나온 보고서에 대해서는 어떻게 생각해?"

"그러니까, 어……. 뭔가 착오가 있을 거야."

"착오라고 말하려면, 그 이전 보고서의 신뢰도도 문제 삼아야지. 그 뒤로 나온 보고서는 못 믿으면서 1985년 보고서만 죽어라 믿는 이유가 대체 뭐야?"

지희가 꼬집어서 묻자, 선욱은 아무 대답도 못하고 포도주스만 쪽쪽 빨아 마셨다. 문득 선욱은 자신이 5·18에 대해 아는 것이 많지 않다는 생각이 들었다. 그동안 유튜브 영상을 보고 한혁 패거리와 얘기를 주고받은 게 전부였던 것이다. 같은 생각을 가진 아이들끼리 하나를 보면 하나를 공유했고, 온통 그런 주장을 하는 동영상만 봤기 때문에 다른 의견이나 입장이 있을 거라고는 생각하지 못했다. 기세가 한풀 꺾인 선욱은 한참을 고심했다. 그러고는 지희가 절대 반박 못할 회심의 카드를 꺼냈다.

"그래도 인명 피해는 경찰 쪽에서 먼저 났잖아. 시민들이 과격하게 나서니까 어쩔 수 없이 경찰들이나 군인들이 대응하면서 일이 커진 거라고!"

"시민들이 과격하게 나섰다고 누가 그러는데?"

"그거야 인명 피해가 경찰들이 먼저 났으니까."

선욱이 단박에 대답했지만, 지희는 별다른 반응을 보이지 않고 태블릿 피시로 계속 뭔가를 찾기만 했다. 선욱이 보기에 지희는 지금 할 말이 없어 딴청을 부리는 것 같았다. 이제 주도권이 넘어왔다고 생각한 순간, 지희는 태블릿 피시를 선욱 쪽으로 밀었다.

"5월 20일 밤 9시경에 있었던 이 버스 사고 얘기하는 거지? 이날 경찰 인명 피해가 발생한 건 사실이야. 하지만 인명 피해가 어디서 먼저 일어났는지를 따진다면 그건 사실이 아냐. 사망자는 광주 시민 중에서 먼저 발생했어."

"뭐? 말도 안 돼!"

"여기 봐. 김경철 씨 검시 보고서에 사망 일자가 적혀 있지? 1980년 5월 19일 새벽 세 시."

선욱은 그럴 리가 없다며 눈을 크게 뜨고 화면을 들여다봤다. 거기에는 지희의 말대로 '1980년 5월 19일 새벽 세 시'라고 적혀 있었다. 선욱은 머릿속이 복잡해졌다. 경찰들이 사망한 시간보다 훨씬 빨랐기 때문이다.

"사고였겠지. 이것만 가지고 과격 시위가 아니라고 하는 건 무리잖아."

"어떻게 사망했는지는 보고 말하지? 너무 심하게 구타를 당해서 온몸이 으깨졌다는 표현이 맞을 거야. 근데 그 시신을 상무대로 옮겨서 사격장에 암매장했다가 발각되기까지 했어. 단순 사고였으면 이렇게 했겠어?"

선욱은 머리를 망치로 세게 두들겨 맞은 것 같은 충격을 받았다. 적절한 대답을 찾지 못하는 선욱에게 지희가 태블릿 피시를 만지작거리면서 말했다.

"십 년 전쯤일 거야. 친척 오빠가 군대 간다고 우리 집에 인사하러 왔는데 아빠가 그러는 거야. 전라도 출신들을 조심하라고. 배신도 잘하고 음험하다면서, 자기 마음에 안 들면 자기 편이든 아니든 괴롭힌다고 말이야. 어린 나이인데도 난 그 말이 꽤 충격적으로 들렸어. 그리고 얼마 있다 친척 오빠가 휴가를 나왔길래 물어봤어. 아빠 말이 진짜냐고. 그랬더니 뭐라는 줄 알아?"

선욱이 모르겠다는 표정을 짓자 지희가 피식 웃었다.

"서울 놈들이 더하다고 했어. 완전 깍쟁이에, 자기들밖에 모른다고. 오히려 목포 출신 고참이랑 광주 출신 후임이 일을 진짜 잘한다고 하면서 말이야. 얼마 후에 난 아빠 고향이 전라도 화순이라는 걸 알았어. 난 정말 이해할 수가 없었지."

"뭐야?"

선욱이 어이없다는 듯 소리쳤다. 지희는 허탈하게 어깨를 한번 들썩였다. 그러고는 다시 표정을 바꾸며 말했다.

"훗날 아빠한테 왜 고향에 대해서 그렇게 험담하냐고 물었더니, 살아봐서 더 잘 안다고 확신에 차서 말씀하셨어. 근데 내가 알기론 아빠는 다섯 살 때 서울로 올라왔거든. 그러니까 아빠도 고향 사람들에 대해서 잘 안다고 말할 수 없지. 근데 왜 그런 얘기를 하셨을까 고민해봤어."

"아니, 몇 명만 봐도 바로 알 수 있지. 하나를 보면 열을 안다고 하잖아."

선욱의 대답에 지희가 어처구니없다는 표정을 지었다.

"서울의 반도 안 되는 인구지만, 그래도 수백만 명일 거야. 그 많은 사람들을 다 만났을 리도 없고, 만났다 해도 고작 다섯 살 때의 어릴 적 기억일 뿐인데 어떻게 그걸로 전부를 평가

할 수 있니? 내가 너 하나 보고 서울 사람들은 다 너랑 같다고 평가하면 안 되는 거잖아."

선욱은 언뜻 지희가 자신을 어떻게 보고 있는지 궁금했지만 묻지 않았다. 선욱이 침묵을 지키는 동안 지희는 계속 말을 이었다.

"그때부터 아빠 고향에 관심이 생겼어. 왜 사람들이 이유 없이 폄하하고 미워하는지 알고 싶어서."

"아니 땐 굴뚝에서는 연기가 나지 않는 법이야."

지희에게 제대로 반박당한 선욱이 정신 승리를 위해 비아냥거리자 지희가 서글픈 표정을 지었다.

"알고 보니 굴뚝 옆에서 연기가 피어오르는 중이었겠지. 피해자이고 약자인데 도움의 손을 내밀기는커녕 짓밟으려는 사람들이 너무 많아."

그 얘기를 듣고 가슴 한구석이 서늘해진 선욱은 남은 포도 주스를 다 마셔버리고 일어났다.

"다음에 올게."

쓰레기통에 포도주스 팩을 던지면서 돌아서는 선욱에게 지희가 활짝 웃으며 말했다.

"주말에는 내내 여기 있으니까 언제든지 와. 오늘 처음 봤는데 길게 얘기했네. 그래도 화 안 내고 들어줘서 고마워."

선욱은 뭐라 대꾸하지 못하고 밖으로 나왔다. 해는 아직 중천에 떠 있었다. 머리가 복잡해진 선욱은 집이 아닌 곳에 가서 혼자 있고 싶어졌다. 집에 가면 외삼촌이 어땠는지 꼬치꼬치 물어볼 게 뻔했기에 벌써 돌아가고 싶지 않았다. 하지만 근처에 피시방 하나 없으니 마땅히 시간을 보낼 곳이 없었다. 선욱은 계단을 내려오다 별안간 그곳이 떠올랐다.

"지난번 그 저수지에 가볼까?"

저녁까지 시간 때우기도 좋고 날도 더워서, 저수지에 발을 담가도 나쁘지 않을 것 같았다.

저수지

마을 입구로 나온 선욱은 주머니에 두 손을 찔러 넣은 채 저수지로 향했다. 그리고 지희와 나눴던 얘기들을 떠올렸다. 그동안 사실이라고 믿었던 것들이 단 한 번에 깨지고 반박당한 걸 생각하니 분하고, 한편으로는 허탈했다.

"에이, 모르겠다."

선욱은 괜히 머리를 긁적였다. 걷다 보니 어느덧 저수지에 도착했다. 어두컴컴할 때 봤던 것과는 달리 전체가 다 눈에 들어왔다. 저수지는 찻길을 따라 약간 안쪽에 길게 이어져 있었는데 아무리 찾아봐도 별다른 안내판이 없었다. 수심은 알 수 없으나 물 위로 바위들이 조금씩 솟아 있는 것으로 봐서는 그리 깊지 않은 것 같았다. 선욱은 물가로 가서 발을 담그기로

했다. 신발과 양말을 벗어 바위에 놓고 그 위에 핸드폰을 올려놓은 다음, 바지를 걷었다. 발을 담그기 전 손을 물에 슬쩍 대봤는데 생각보다 차가워서 흠칫 놀랐다.

"뭐, 수영할 건 아니니까."

선욱은 천천히 물속으로 들어갔다. 물이 발목을 넘어 종아리까지 차오르자 편안함이 느껴졌다. 적당히 앉을 만한 바위에 걸터앉아 한참을 멍하게 있었다. 그러다 선욱은 서울에서 이곳으로 내려와야 했던 사정과 차갑게 돌아선 엄마가 떠오르며 상실감에 빠져들었다.

"내가 뭘 그렇게 잘못했다고."

자신이 잘못한 건 아무것도 없다고, 그저 지옥 같은 학교에서 살아남기 위해 발버둥친 것밖에는 없다고 굳세게 마음먹었지만 서러운 건 어쩔 수 없었다. 교과서나 그 어떤 참고서도 학교에서 살아갈 수 있는 방법을 알려주지 않았다. 공부 못하고 집이 가난하면 눈치껏 살아남아야 했다. 비겁하게 혹은 비굴하게 말이다. 선욱은 참담한 심정으로 다리 쪽을 내려다봤다. 수면에 비친 자신의 얼굴이 일그러져 보였다. 그 위로 선욱의 눈물이 한 방울 떨어지며 물결이 일렁였다.

"왜 운다요?"

갑자기 들려온 목소리에 선욱은 화들짝 놀랐다.

"깜짝이야! 누, 누구야!"

벌떡 일어난 선욱이 엉거주춤 주변을 돌아봤다. 그러자 바위 뒤에서 어린 남자아이가 조용히 모습을 드러냈다. 그날 그 소년! 까까머리의 열 살 남짓한 아이를 한눈에 알아본 선욱은 얼른 눈물을 닦고 말했다.

"너, 밤중에 여기서 물놀이했던 애지?"

"야……"

아이가 겁먹은 표정으로 기어들어가게 대답하자 선욱이 웃으며 말했다.

"야, 내가 무서워?"

"아니어라."

"나 나쁜 사람 아니니까 걱정 마. 어디 사는데?"

아이는 고개를 돌려 후남 마을 쪽을 쳐다봤다. 선욱은 마을에서 나이 많은 어른들밖에 보지 못했다. 자식이 있을 법한 젊은 어른들은 보지 못한 것이다. 하지만 여기 온 지 얼마 되지 않았으니 마을에 사는 사람들을 다 알 수는 없는 노릇이라고 여기며 넘어갔다. 그사이 아이는 쭈뼛거리며 선욱이 앉은 바위의 건너편에 앉았다. 아이의 꾀죄죄한 모습을 자세히 본 선욱은 혀를 찼다.

"이 동네는 애들을 안 챙기나봐. 하여튼."

아이가 계속 입을 다물고 있었기 때문에 선욱이 먼저 말을 걸었다.

"이름이 뭐야?"

주저하던 아이가 조심스럽게 입을 열었다.

"정훈이요. 남정훈."

"몇 학년?"

"5학년."

"혹시 이 저수지 이름이 뭔지 알아?"

선욱이 묻자 정훈이 나지막한 목소리로 답했다.

"후남 저수지여라."

"그건 저기 마을 옆에 있던데?"

"후남 저수지가 맞아라."

정훈의 고집스러운 말투에 선욱은 어깨를 으쓱거렸다.

"여기 사는 동네 사람이 그렇다면 그런 거겠지. 여기서는 뭐 하고 놀아?"

"친구들이랑 멱도 감고, 돌도 줍고."

"여기 물은 안 깊어?"

정훈이 저수지의 한가운데를 바라보면서 대답했다.

"제일 깊어봤자 가슴팍뿐이 안 올라와요."

정훈이 제 가슴 높이에 손을 짚으며 말했다.

"대답도 잘하고 착하네."

선욱이 칭찬하며 웃어 보이자 정훈은 환한 표정을 지으며 일어났다. 그러고는 물을 가르며 휙휙 걸어갔다.

"어디 가?"

정훈은 대답 대신 선욱에게 따라오라는 손짓을 했다.

"저기까지 가면 바지가 다 젖을 것 같은데?"

선욱은 잠시 주저했지만 정훈이 천진난만하게 웃으며 손짓을 계속하자 결국 걸음을 옮겼다.

"까짓것, 뭐 말리면 되겠지."

정훈한테는 가슴 정도 왔지만 선욱에게는 허리에 조금 못 미치는 높이였다. 깊은 물에 들어온 정훈의 표정이 맑아졌다. 까만 얼굴과 비교되는 새하얀 이를 드러낸 정훈이 갑자기 선욱에게 물을 뿌리며 장난을 걸었다.

"앗! 차가워!"

하지만 기분이 나쁘지는 않았다. 선욱도 정훈에게 물을 뿌렸다.

"너도 맞아라!"

그러자 정훈이 까르르 웃었다. 정훈이 선욱의 주변을 돌면서 물을 뿌렸고, 선욱이 지지 않고 응수하면서 사방에 물이 튀었다. 오랜만에 물장난을 친 선욱은 아이처럼 깔깔거리며 오래도록 웃어댔다. 문득 선욱은 자신이 후남 마을에 온 이후 처음으로 크게 웃었다는 사실을 깨달았다. 그렇게 둘이 한참을 놀고 다시 바위에 걸터앉았을 때, 정훈이 궁금하다는 듯 물었다.

"근데 성은 어디서 왔당가요?"

"서울. 서울에서 왔어."

"진짜요? 서울에는 겁나게 높은 빌딩이 있다든디 정말 그라요?"

정훈이 눈을 동그랗게 뜨고 묻자 선욱은 어깨를 으쓱했다.

"그럼! 제일 높은 건 100층이 훨씬 넘어. 20층, 50층짜리도 엄청 많고."

"오메. 상상이 잘 안 가요. 성은 거그 올라가 봤으까요?"

"63빌딩에는 가봤지."

선욱은 어린 시절의 추억을 떠올렸다. 엄마, 아빠 손잡고 63빌딩에 가서 아쿠아리움도 보고 전망대도 올라갔다. 그때 선욱의 가족은 분명 단란하고 행복했는데, 지금은 그런 때가 있었나 싶을 정도로 아련했다. 함께했던 아빠는 떠나버렸고 이제 선욱 곁에는 엄마뿐이었다. 선욱은 불현듯 엄마까지 자기 곁을 떠날지 모른다는 생각이 들었다. 선욱이 걱정과 불안으로 표정이 어두워지자 정훈이 눈치를 살피며 물었다.

"왜 그라요?"

"아, 아무것도 아냐."

선욱은 아무렇지 않은 듯 웃어 보이고는 재빨리 화제를 돌렸다.

"여기 자주 놀러 와?"

"야."

"하긴, 근처에 놀 만한 곳이 달리 없더라. 물놀이 안 하면 뭐 하고 놀아?"

"친구들이랑 산으로 돌아댕겨요. 머루도 따 묵고, 개울에서 괴기도 잡고 그라제라."

"완전 자연인이네. 하긴 그렇게 크는 것도 좋지. 공부 잘하면 뭐 해. 성격이 개차반인데."

선욱은 그 대표적인 사례인 한혁을 떠올리며 짜증을 냈다. 그런 선욱에게 정훈이 물었다.

"성은 고등학생이지라?"

"아니. 중 3이야. 내년에 올라가지."

"그라믄 인자 곧 대학생이 되시까라?"

정훈이 부럽다는 눈으로 바라보자 선욱은 뜨끔했다. 선욱은 지금껏 대학에 대해 별생각을 하지 않았다. 단지 중학교, 고등학교 모두 남들과 똑같이 졸업하는 것이 목표일 뿐이었다. 그런데 이번 출석정지로 평범하게 졸업한다는 계획이 엉망이 되고 말았다. 암울한 생각이 연거푸 밀려오자 선욱은 저도 모르게 울컥했다.

"나는 잘하고 싶었는데……."

선욱이 또다시 눈물을 뚝뚝 흘리기 시작하자 정훈이 다가와서 손을 잡아줬다.

"걱정 마쇼, 성. 도로 좋아질 기회가 올 거여요."

"야, 니가 뭘 안다고."

그러자 정훈이 활짝 편 얼굴로 말했다.

"착허게 살면은 은젠가 보답을 받게 되어 있다고 친구가 그라드라고요."

"난 별로 착하지 않아."

선욱이 착잡한 표정으로 대답했다. 가진 게 별로 없다는 걸 깨달은 후부터 선욱은 본능적으로 강해 보이는 아이들 편이 되려고 노력했다. 그렇게 해야 남에게 괴롭힘을 당하지 않았다. 문제는 그들 편이 되기 위해서 자기처럼 힘없는 아이들을 괴롭혔다는 것이다. 그리고 강한 아이들의 눈에 들기 위해 끊임없이 그들이 좋아할 만한 이야깃거리나 소식을 들고 가야만 했다는 것이다. 자신의 담임이기도 한 임도헌 선생님이 전라도 출신이라고 일러바친 것도 그 때문이었다. 결국은 자기 꾀에 자기가 넘어간 셈이었다. 그 일로 출석정지를 당하고 여기까지 온 거니까 누굴 원망할 필요도 없었다.

"따지고 보면 내 잘못 맞네, 뭐."

자조적으로 중얼거리는 선욱에게 정훈이 달래듯 말했다.

"아따 그냥 앞으로 착허게 살아불면 되지라."

"그래, 알았어. 근데 그럴 기회가 올까?"

선욱이 묻자 정훈이 환하게 웃으며 고개를 끄덕거렸다. 어리지만 밝고 긍정적인 정훈과 얘기를 나누자 선욱은 답답했던 속이 점점 뚫리는 것 같았다. 기분이 좋아진 선욱이 손으로 물을 떠서 정훈의 머리에 쪼르르 부었다. 머리를 타고 흘러내린 물이 어깨에 닿자 정훈이 온몸을 부르르 떨고는 헤헤 웃으며 선욱에게 말했다.

"친구들도 있는디 같이 노실라요?"

"누구?"

"저짝에서 놀고 있어라."

정훈이 선욱을 끌고 저수지 안쪽으로 갔다. 선욱은 정훈처럼 순수하고 때 묻지 않은 아이들과 더 얘기를 나누고 싶은 마음에 기꺼이 따라갔다. 깊은 안쪽으로 헤치고 나아가자 또다시 바위들이 보였고, 아이들 몇 명이 물장난을 치고 있는 게 보였다. 대체로 정훈처럼 까까머리에 까무잡잡했고, 러닝셔츠에 반바지를 입고 있었다. 정훈이 아이들에게 소리쳤다.

"아야. 얘들아! 서울서 온 성이야."

그러자 아이들이 일제히 놀이를 멈추고 호기심 어린 눈으로 다가왔다. 모두 네 명이었는데 정훈이 한 명씩 소개해줬다.

"제일 오른쪽에 눈이 찢어진 것이 도섭이, 그 옆에 마른 것이 상민이, 그리고 그 옆에 더 삐쩍 마른 것은 경철이, 그리고 그 옆에 머리 긴 아가 은상이어라."

정훈이 소개를 마치자 아이들은 너도나도 고개를 숙이며 인사했다.

"안녕하세요."

"반갑고만요."

"그, 그래. 나도 만나서 반갑다."

쭈뼛거리던 아이들 중에 가장 먼저 말을 걸어준 것은 은상이었다. 은상은 눈을 반짝이며 선욱을 올려다봤다.

"성은 정말로 서울서 왔어라?"

"응."

"나도 서울에 살고 잡은디."

은상의 말에 선욱은 입술을 쭉 내밀었다.

"음, 서울이라고 다 좋은 건 아니야."

"으째요? 차도 많고 빌딩도 많다믄서요."

달뜬 것 같은 은상의 말에 선욱은 고개를 저었다.

"공기가 얼마나 안 좋은데. 요즘은 마스크 안 끼고는 밖에 못 나가."

"정말 그라요?"

"진짜라니까, 미세먼지가 심한 날은 하늘이 아예 안 보여."

"안개가 낀 것도 아님시로 하늘이 안 보여븐다니. 신기하요잉."

은상의 말에 다른 아이들도 모두 고개를 끄덕거렸다.

"거기다 차들이 너무 많아서 위험해. 가끔 차들이 신호를 안 지키고 쌩쌩 달리면서 사람을 치거든."

"워매! 그라믄 징하니 아프겄어라."

은상의 옆에서 듣고 있던 경철이 눈살을 찌푸리며 말하자 선욱이 고개를 끄덕였다.

"몇 달 전에 학교 앞에서 과속으로 달리던 차에 우리 학교 애가 치이는 사고가 났었어. 걔는 몇 달 동안 병원에 있다가 다행히 얼마 전에 퇴원했고. 근데 여긴 그럴 일은 없잖아."

"하먼이라. 여그는 도로가만 안 가믄 차들이 읎제라."

"응, 그러니까 남의 거 너무 부러워하지 말고 가지고 있는 게 얼마나 좋은지 생각해봐."

아이들이 진지하게 얘기를 들어주자 선욱은 왠지 어깨가 으쓱해졌다. 학교에서는 항상 꼬붕이나 유령으로 지내야 했기 때문에 아무도 선욱의 얘기에 귀 기울여주지 않았다. 말할 맛이 나자 신이 난 선욱에게 이번엔 도섭이 말했다.

"서울 야그나 더 해주시요."

도섭을 시작으로 다들 이구동성으로 서울 얘기를 해달라고 아우성을 했다.

"알았어. 근데 여기 서서 얘기하는 건 좀 그렇지 않아?"

그러자 도섭이 선욱의 손을 잡아끌었다.

"그라믄 저짝에 독수리 바우로 가요."

"독수리 바위?"

"긍게. 기냥 우리끼리 그라고 붙여븐 이름이어라. 독수리가 이라고 활짝 날개를 펴븐 것 같은 그란 느낌잉께라."

잠자코 있던 상민이 두 팔을 벌려서 날갯짓하듯 펄럭거리며 대답했다. 상민의 표정이 익살스러워 아이들과 선욱은 배꼽을 잡고 웃었다.

조금 더 안쪽으로 걸어가자 정말로 독수리를 닮은 바위가 나타났다. 선욱이 독수리 머리 모양으로 불룩 솟은 가운데에 걸터앉자, 정훈과 다른 아이들이 날개처럼 평평한 곳에 엉덩이를 걸쳤다. 아이들의 초롱초롱한 눈망울을 보면서 선욱이 입을 열었다.

"자, 어떤 얘기부터 해줄까?"

"기냥 다 들려주시요."

"나는 차요, 자동차! 으뜬 차가 댕기는지 궁금허요."

"참말로 그라고 차들이 많다요?"

"댕김서 연예인 봤어라?"

"핵교서는 뭣을 배운다요?"

한꺼번에 쏟아진 질문에 선욱은 검지손가락을 까닥거리면서 말했다.

"하나씩 물어봐야지. 차례대로."

아이들은 자기가 먼저 질문하겠다며 서로 왁자지껄 목소리를 높였다. 그러다 갑자기 정훈을 시작으로 다시 상대에게 물을 뿌리기 시작했다. 그 와중에 선욱에게도 물이 튀었다.

"야, 애들아!"

선욱이 크게 소리치자 아이들이 겁먹은 표정으로 선욱을 바라봤다. 선욱은 피식 웃고는 다섯 명의 아이들에게 골고루 물을 뿌려댔다.

"맛 좀 봐라!"

아이들은 깔깔 웃으면서 누구랄 것도 없이 서로에게 물장난을 쳤다. 정신없이 물을 뿌리고 맞으면서 선욱은 가슴이 후련해지는 걸 느꼈다. 이곳은 자신을 눈 아래로 보는 한혁 같은 애들도 없었고, 정글같이 답답한 학교도 더더욱 아니었다. 실컷 물장난을 친 뒤 아이들과 함께 다시 독수리 바위에 걸터앉은 선욱은 못다 한 얘기를 재미있게 나눴다. 아이들은 선욱의 얘기에 귀를 기울였고 반응을 보였다. 해가 넘어가는 걸 뒤늦게 깨달은 선욱은 퍼뜩 정신을 차리고 물었다.

"난 이제 가야 할 것 같은데 다들 집에 갈 거지? 같이 가자. 늦었어."

아이들은 서로 얼굴을 보면서 머뭇거렸다. 이때 선욱과 제일 처음 만났던 정훈이 대답했다.

"괜찮해라. 우리끼리 더 놀다 갈게라."

'우리끼리'란 말에 선욱은 살짝 서운했지만 티를 내진 않았다. 아이들에게 또 보자며 기분 좋게 손을 흔들어주었다. 선욱은 처음에 있던 바위로 가서 핸드폰과 신발을 챙겼다. 그새 외삼촌의 부재중 전화가 몇 통이나 와 있었다. 물 묻은 손을 바지에 쓱쓱 닦은 뒤 선욱은 통화 버튼을 눌렀다. 잠시 후, 외삼촌이 전화를 받았다.

"해 떨어지는디 뭣 헌다고 아적까지 안 오냐?"

"지금 가고 있어요. 죄송해요."

"싸게 들와라."

통화를 끝낸 후 선욱은 터벅터벅 집으로 향했다. 마을회관 2층의 역사관은 불이 꺼진 상태였다. 이젠 익숙해진 골목길을 지나 외삼촌 집에 도착했을 때는 제법 어두워진 상태였다. 대청에는 이미 밥상이 차려져 있었고, 마침 외숙모가 부엌에서 국 냄비를 들고 나오는 중이었다. 선욱을 발견한 외숙모가 다급히 말했다.

"으메. 아가. 으디를 갔다 왔간디 물에 폭 빠진 쥐새끼마냥 그란데?"

"더워서 저수지에 잠깐 발 담그고 왔어요."

그 순간, 외삼촌이 들고 있던 젓가락을 탁 내려놨다. 외숙모가 얼른 나서서 선욱에게 말했다.

"저그 화장실 가가꼬 언능 시치고 나와라. 언능 가."

떠미는 듯한 말투에 선욱은 화장실로 가서 수건으로 몸을 대충 닦고, 방으로 가서 옷을 갈아입고 나왔다. 그사이 외숙모가 무슨 말을 했는지 외삼촌은 잠자코 밥을 먹는 중이었다.

"늦어서 죄송해요."

선욱은 조심스레 자리에 앉아 숟가락을 들었다. 처음에 왔을 땐 고기 같은 게 없어서 수저가 잘 안 갔지만, 이제는 외숙모가 해준 나물이나 젓갈이 입에 맞았다. 허기진 탓에 정신없이 밥을 먹는데 외삼촌이 헛기침을 하더니 말했다.

"가란 데는 잘 갔다 왔냐?"

"역사관이요? 네, 지희랑 만났어요."

외삼촌이 가만히 고개를 끄덕거렸다. 밥을 먹는 동안 나눈 대화는 그게 전부였다. 식사를 마친 선욱은 외숙모가 가져온 숭늉으로 입가심을 하고 방으로 돌아갔다. 바닥에 누워 핸드폰을 충전기에 꽂고 선욱은 준섭에게 카톡을 보냈다.

뭐 해?

공부 중.

메시지 뒤에 머리를 싸매고 열심히 공부하는 이모티콘이
떴다. 선욱이 씩 웃으며 카톡을 보냈다.

뻥치시네. 게임하고 있지?

하여간 눈치 하난 개 빨라.
요즘 나온 게임인데 보상이 좋아.

피방?

어. 넌?

어디긴. 시골이지.

아예 거기서 사는 거야?

금방 올라갈 거야. 학교는?

똑같아. 한혁이가 다시 날뛰기 시작하더라.

선욱은 자신이 없어도 아무 일 없단 사실이 좀 섭섭했지만 이곳에서의 생활도 나쁘지 않다는 생각이 들었다. 아니, 한혁 패거리를 위해 애쓸 필요가 없으니 나쁘지 않은 정도가 아니라 세상 편했다. 이런 생각에 답을 못하고 있는데 준섭에게 다시 카톡이 왔다.

담임이랑 대머리랑 크게 싸웠대.

왜?

왜긴, 너 때문이지. 출석정지 풀어달라고 조르니까 대머리가 짜증 냈나봐.

그럴 필요 없는데.

넌 진짜 학교 돌아오면 담임한테 고마워해야 해, 인마.

웃기시네. 게임이나 망해라.

안 그래도 재미없어서 오늘만 하고 접으려고. 너 없으니까 심심하네. 출석정지 풀리면 올 거지?

그래야지. 고맙다.

그러자 준섭이 물음표 이모티콘을 여러 개 보내왔다.

고맙다고? 너 무슨 일 있냐?

개과천선. 어쩔래?

환장하겠네. 시골 가니까 착해진 거야?

응. 시골 사람들 좀 따라 해봤어.

야! 거기 어디냐? 한혁이도 좀 보내게.

걔가 싫어하는 동네야. 어림도 없지.

하긴. 걔는 하나님, 부처님이 와도 못 고칠 거야.

암튼 고맙다는 말을 하고 싶었어.
돌아가면 잘 지내자. 친구야.

우웩. 사람 돼서 온다니 두근두근.

'바이바이'라는 글씨가 뜨는 이모티콘을 보낸 선욱은 핸드폰을 계속 만지작거렸다. 연락할 사람이 또 떠올랐기 때문이다. 심호흡을 한번 크게 내뱉고는 선욱은 카톡을 보냈다.

> 여행 잘 다니고 있어요?
> 돌아와서 만나요. 착한 아들이 될게요.

전송 버튼을 누른 후 쑥스러워진 선욱은 핸드폰을 계속 쥔 채 뭔가를 썼다 지웠다 반복했다. 그러다 결심한 듯 또 버튼을 꾹 눌러버렸다.

> 사랑해. 엄마.

다음 날 아침, 밥을 우걱우걱 먹으면서 선욱은 외삼촌에게 말했다.

"오늘도 역사관에 갔다 올게요."

외삼촌이 믿기지 않는다는 표정으로 숟가락을 든 채 선욱을 바라봤다. 선욱은 살짝 웃으며 밝은 표정으로 말했다.

"지희랑 얘기가 잘 통해서요."

"갸가 똑똑허기는 하제."

선욱은 고개를 크게 두 번 끄덕거렸다.

"네, 정말 아는 게 많더라고요."

"알았다. 가보그라."

식사를 마친 선욱은 핸드폰을 챙겨서 밖으로 나왔다. 익숙해진 길을 걸어 마을회관에 도착했다. 선욱은 자신이 그동안 진짜라고 믿었던 것들이 무참히 무너지는 순간, 적잖이 충격을 받았다. 인정하고 싶지 않았지만 한편으로는 궁금했다. 어떤 것이 진실인지 말이다. 마침 계단을 올라가는 지희의 뒷모습이 보였다. 문을 열려던 지희는 인기척 소리에 뒤를 돌아보곤 먼저 말을 걸었다.

"일찍 왔네?"

"아침부터 할 일이 없어서."

선욱이 장난스럽게 답하자 지희가 씩 웃었다.

"어서 와."

선욱은 역사관 안으로 들어가 자연스럽게 의자에 앉았다. 어제처럼 지희는 포도주스를 가져와 책상 위에 올려놓고 선욱의 맞은편에 앉았다.

"에어컨 틀었으니까 조금만 있으면 시원해질 거야."

"고마워."

"다시 올 것 같긴 했는데 이렇게 빨리 올 줄 몰랐어."

"어제 했던 얘기, 더 듣고 싶어서."

선욱의 말에 지희가 의자에서 일어났다.

"직접 보면서 얘기하는 게 좋겠어."

"뭘?"

"당시 화보집들."

지희가 이끈 곳은 진열장 옆에 있는 책상이었다. 그 책상 위에는 노란색 포스트잇이 군데군데 붙여진 커다란 책이 하나 펼쳐져 있었는데 안에는 흑백으로 된 사진들이 빼곡했다. 사진들을 본 선욱은 얼굴을 찡그렸다.

"이게 다 뭐야?"

"5·18 민주화운동 당시 군인들에게 폭행당하는 시민들의 모습이야."

"맙소사."

선욱은 사진에서 눈을 떼지 못했다. 총과 곤봉을 든 군인들이 빈손인 시민들을 무차별로 구타하고 있었기 때문이다.

"'서울의 봄'이라는 말 들어봤어?"

"아니."

선욱이 사진에서 눈을 떼지 못한 채 대답했다.

"1979년 10월 26일, 박정희 대통령이 측근인 김재규 중앙정보부장에게 암살당하면서 유신체제가 붕괴돼. 다들 독재가 끝나고 민주화가 시작된다고 믿었지. 12·12 쿠데타가 벌어지기 전까지는 말이야. 하지만 사람들은 민주화에 대한 열망을 포기하지 않았고 대학가를 중심으로 시위에 나섰어. 그걸 서울의 봄이라고 해."

지희가 책장을 넘겨주면서 설명을 이어갔다. 서울 시내에 전차와 군인들이 행진하거나 서 있는 사진이 보였다.

"서울에서 대규모 시위가 벌어지고 지방에서도 시위가 이어졌어. 광주도 마찬가지였어. 그때가 1980년 5월이었지."

"아, 5·18이 있던 그달이네."

예전 같았으면 거침없이 사태나 폭동이라고 했을 선욱이지만, 어제 지희와 얘기를 나눈 다음부터는 그렇게 부르기가 굉장히 조심스러웠다. 고개를 끄덕거린 지희가 입을 열었다.

"맞아. 전두환과 신군부 세력은 민주화의 열망을 짓밟고 계엄령을 확대하는 것으로 권력을 쟁취하려고 했어. 그때가 어제 우리가 얘기했던 5월 17일이었어. 참! 너 계엄령이 몇 시에 발표됐는지 알아?"

갑작스럽게 질문을 받은 선욱은 도통 모르겠다는 표정을

지었다.

"밤 11시 40분이야. 그리고 18일 새벽 1시경, 그러니까 계엄령 확대 발표 한두 시간 만에 광주 일원에 군대가 투입됐어. 시위가 과격해져서 군대가 투입된 게 아니라 아예 처음부터 작정하고 군대를 투입하려고 계획했던 거야. 그 이전까지는 시위대 수뇌부와 경찰 간의 협상을 통해서 큰 충돌은 없는 상태였거든."

"그런데 말이야."

선욱이 조심스럽게 지희의 말을 끊었다.

"다른 지역은 잠잠했는데 왜 광주만 시위한 거야?"

선욱은 광주 사람들을 폭도로 몰고 5·18을 폭동으로 보는 쪽에서 가장 대표적으로 내세우는 근거의 진실을 알고 싶었다. 지희가 대답했다.

"잠잠하긴. 서울에서도 십만 명이 넘는 학생들이 시위를 했어. 서울뿐만 아니라 부산이나 대전 같은 지방 대도시들에서도 계엄 해제와 민주화를 요구하는 시위가 거셌지."

"정말?"

"처음 들어봤지? 5·18 민주화운동을 폭동으로 모는 쪽에서 항상 빼먹는 거야. 광주만 아니라 다른 곳에서도 시위가 벌어졌었어. 차이점이 있다면 서울을 비롯한 다른 지역은 모두 진압되었고, 광주만 남았다는 거였지. 그래서 진압군을 광주로 보낸 거야."

"광주만 시위한 게 아니라 광주만 남았다……."

선욱은 지희의 말을 곱씹었다.

"그래서 마음 놓고 군대를 보냈을 거야. 신군부는 언론을 장악해 연일 북한이 남침한다고 떠들어대며 공포 분위기를 조성했어. 국가 안보 위기라며 시위를 진압할 구실을 미리 만들어놓은 거지. 그 얘기는 시위가 과격했기 때문에 진압군이 투입된 게 아니라, 처음부터 과격하게 진압할 생각이었다는 뜻이기도 해."

"믿기지가 않아."

"사람마다 심리적 저항선이라는 게 존재해. 어떤 사람들은 대한민국 군대가 그런 짓을 저지를 리 없다고 하고, 더 나아가 전라도에 대해 편견이 있는 사람들은 광주 사람들에게 잘못이 있다고 말하지. 하지만 진실은 명백해. 단지 그걸 받아들이지 못하는 사람만 있을 뿐이야."

지희의 차분한 말투에 선욱은 무겁게 고개를 끄덕거리며 말했다.

"계속 얘기해줘."

"5월 18일 광주 시내에 투입된 계엄군은 시위하는 학생들을 무차별로 구타하고 체포했어. 학생으로 보이기만 하면 남자든 여자든 가리지 않았지. 그걸 보고 충격을 받은 시민들이 계엄군에 맞서면서 본격적인 충돌이 벌어졌어. 어제 넌 경찰들이 먼저 사망했다고 했지? 첫 번째 사망자는 이때 나와."

"어제 얘기한 그 김경철 씨라는 분?"

"맞아, 청각 장애인이라 소리도 듣지 못하고 말도 하지 못했기 때문에 살려달라거나 자기는 시위대가 아니라는 말도 못했을 거야."

"진짜? 세상에! 시위대가 아닌 데도 그랬단 말이야?"

"응. 계엄군은 시위 참가자와 시민을 가리지 않았어. 유혈 진압으로 얼룩진 5월 18일이 지나고 다음 날, 전날의 소식을 들은 시민들이 광주 시내 금남로에 모였어. 하지만 그들 앞에는 공수부대가 있었지. 참가자나 목격자의 증언을 들어보면 전날보다 더 잔혹한 진압 작전이 펼쳐졌다고 해. 때리고 짓밟고 찌르고……. 공포감이 느껴지는 진압이었지. 잠깐 흩어진 시민들은 오후에 다시 모여서 시위를 벌였고, 이번에도 공수부대는 시위대를 무차별 진압해. 하지만 시간이 지날수록 시

위는 더 커졌어. 무력 진압에 분노해 시민들이 더 많이 가세했
거든."

"믿을 수가 없어."

선욱의 말에 지희가 쓸쓸하게 웃었다.

"나도 그랬어. 나라를 지키는 국군들이 그랬을 리가 없다
고 말이야. 하지만 5월 18일부터 광주에서 어떤 일이 벌어졌
는지는 이제 비밀이 아니야. 시위 참가자들은 물론이고 공수
부대원들 사이에서도 같은 내용의 증언들이 쏟아져 나왔거든.
영상 자료는 차고 넘칠 정도로 많고."

"그러니까 진압 작전이 과격해지면서 오히려 시위가 격화
된 셈이네."

"그건 저항이었던 거야, 저항."

'저항'이라는 말에 선욱은 갑자기 가슴 한쪽이 바늘에 찔
린 듯했다. 학교에서 살아남아야 된다는 생각으로 자신은 힘
센 친구에게 알아서 굴복하고 심부름꾼을 자처했는데, 1980
년 광주 사람들은 그것과는 비교도 안 될 정도로 가혹한 신군
부의 총칼에 맞섰던 것이다. 선욱이 생각에 빠져 아무 말이 없
자 지희는 흠 하고 콧숨을 내쉬고는 말을 이어갔다.

"우리가 가지고 있는 권리 중에 그냥 주어진 건 아무것도

없어. 모두 저항을 통해 기득권에게서 쟁취한 것이지. 우리나라가 강력한 민주주의 국가가 된 것도 그 저항 덕분이라고 할수 있어."

지희가 얘기하는 동안 생각을 정리한 선욱이 물었다.

"5월 19일 이후엔 어떻게 됐어?"

"18, 19일을 거치면서 시위는 더 커져갔어. 처음엔 학생 중심이었지만 일반 시민이 합세해 시위의 국면이 달라졌고, 20일에 금남로에서 시위할 때는 상인들도 문을 닫고 가담했다고해. 그러다가 저녁때 광주 시내에 버스들이 등장하지."

"버스가 왜?"

"운전기사들이 몰고 온 거야. 시민 시위대가 계속 공수부대에게 당하니까 그대로 지켜볼 수가 없었던 거지. 시위대는버스를 앞세워서 공수부대에 돌진했고, 이때 네가 얘기한 경찰 사망자들이 발생해."

"버스가 친 경찰들 말이지?"

선욱의 물음에 지희가 답답한 표정으로 고개를 저었다.

"정확한 경위를 말해줄게. 공수부대가 쏜 최루탄이 버스안으로 날아들자 놀란 버스 기사가 핸들을 놓치면서 경찰들을친 거야. 사망자가 발생한 건 맞지만 일부러 작정하고 돌진한 건 아니었어."

"난 버스가 고의로 돌진해서 경찰들을 친 거라고 들었거든."

"그게 아니라는 증거는 얼마든지 있어. 그럼에도 자기가 원하는 것만 진실이라고 믿는 태도를 확증 편향이라고 하는데 혹시 들어봤어?"

"아니."

고개를 저은 선욱에게 지희가 설명했다.

"인지 부조화라고도 하는데……. 어떤 사실에 대한 명백하고 객관적인 증거들이 있는데도 불구하고, 이미 굳어진 선입견과 잘못된 증거들을 토대로 자기가 아는 것만이 진실이라고 철석같이 믿는 식이지."

"각자 자기가 아는 것만을 진실이라고 믿는다고?"

"말하자면 그래. 무수한 정보들이 공개되어 있고 쉽게 찾아볼 수 있는 시대지만 확증 편향이나 인지 부조화는 줄어들고 있지 않아."

"왜?"

"그게 편하니까. 그리고 정확한 사실만큼, 잘못된 자료나 증거를 왜곡한 정보들도 여기저기에 많이 퍼져 있잖아. 유튜브 영상 보면 광주나 전라도에 대해서 마치 사실인 것처럼 애기하는 사례들이 정말 많거든."

선욱은 지희의 얘기를 들으면서 뜨끔했다. 한혁 패거리와 한 마디라도 더 얘기하기 위해 유튜브를 엄청나게 찾아봤기 때문이다. 따지고 보면 지역에 대한 반감도 거기서부터 시작됐는지도 모른다.

"난 그게 궁금했어. 조금만 찾아보면 아니라는 걸 알 수 있는데 왜 받아들이지 않는지 말이야. 그러다가 아빠 때문에 왜 사람들이 그러는지 알게 되었어."

"뭐 때문이었는데?"

"그냥 자기보다 더 약하다고 생각하는 존재들을 마음 놓고 멸시하고 무시하면서 자기 존재감을 높이는 거지. 불안감도 없애면서. 한번 믿은 신념을 포기하기란 쉽지 않지. 편치도 않고. 진실은 본래 불편하다는 말, 많이 들어봤지?"

"응."

광주가 폭동이었다고 주장하는 유튜버들이 항상 먼저 얘기하는 게 그거였다. 모두가 짜맞춘 듯 '불편한 진실을 알려주겠다'면서 얘기를 시작했다. 지희가 날카로운 표정으로 다시 말했다.

"진실은 불편하지 않아. 진실이 불편하다고 느끼는 건 진실을 외면하고 싶기 때문이지. 중 3인 나도 찾아볼 수 있을 정도의 자료조차 찾아보지도 않고 죽을 때까지 잘못 믿는 건 말도 안 되는 일이야. 애초부터 다른 생각을 받아들일 마음이 없거나, 아니면 작정하고 거짓말을 퍼뜨리는 거지."

선욱은 무거운 표정으로 고개를 끄덕거렸다.

"5월 20일 공수부대는 광주역에서 발포를 하고, 다음 날인 21일 금남로에 있는 전남도청에서 또 시위대에게 발포를 감행해. 오후에 애국가가 울려 퍼지는 걸 신호 삼아서."

"그럼 처음부터 조준 사격을 한 거라고?"

선욱이 마지막으로 믿고 싶었던 우발적인 사격이 사실은 아니었다고 하자 당황스러웠다. 한숨을 쉬며 지희는 계속해서 책장을 넘겨주었다.

"당시 사진이야. 애국가를 부르던 시민들이 총격을 받았어. 공수부대가 시민들을 조준 사격해서 쓰러뜨린 거지. 이때 사망자와 부상자가 대략 수십 명이 넘었다고 해."

"말도 안 돼."

지희가 '5월 21일 전남도청 앞'이라는 설명이 붙은 사진들을 보여주자 선욱의 입에서는 저도 모르게 탄식이 새어 나왔다. 그런 선욱을 바라보며 지희가 계속 얘기했다.

"같은 날 전남대학교 앞에서도 발포가 이뤄졌고 사망자가 발생했어. 그 이후, 시위대는 본격적으로 무장을 하게 되었던 거고. 그러니까 처음부터 과격한 시위가 발생했고, 광주 시민들이 폭도처럼 작정하고 군대와 전투를 벌였다는 건 정말 말도 안 되는 얘기인 거야."

"그렇구나. 난 지금껏 그렇게 알고 있었거든."

"한번은 그날 시위대에 합류했던 할머니랑 만난 적이 있어서 여쭤봤었어. 왜 그리 무모하게 총 든 군인들과 맨몸으로 싸운 거냐고. 그랬더니 뭐라고 하시는 줄 알아? 억울하고 분해서 그랬대, 억울하고 분해서."

"억울하고 분했다고?"

"그래. 총에 맞아서 푹푹 쓰러지고 곤봉에 두들겨 맞아서 머리가 터지거나 뼈가 부러진 사람들이 천지 사방에 깔렸는데 신문이고 라디오고 아무 얘기가 없었다는 거야. 그래서 시위에 나섰다고 하셨어. 세상에 알리고 싶어서 말이야."

참담한 얼굴을 한 선욱에게 지희가 말했다.

"진실을 왜곡하는 사람들은 몇 가지 간단한 거짓말로 사람들을 속여. 예를 들자면, 광주 교도소 습격 사건 같은 게 그래. 혹시 들어본 적 있어?"

선욱은 살짝 고개를 끄덕였다.

"시위대가 교도소에 주둔 중인 군인들을 공격했다는 얘기
잖아."

"지도를 보면 더 이해가 쉬울 거야."

지희가 한참 책장을 넘겨 찾은 곳에는 확대된 지도가 있었
다. 지희는 한군데를 손가락으로 가리켰다.

"광주 교도소는 바로 여기 있었어. 문제는 여기가 담양이
랑 곡성으로 가는 길의 분기점이라는 거였지."

"그게 왜?"

선욱이 영문을 모르겠다는 듯 묻자 지희가 안타깝다는 표
정으로 얘기했다.

"당시 광주 교도소를 지키는 3공수여단은 고속도로 차단
임무도 맡았어. 그러니까 시위대가 광주 교도소를 습격하러
온 게 아니라 담양이나 곡성으로 빠져나가려고 하는 과정에서
충돌이 벌어진 거야. 시위대가 교도소를 습격하려고 했다는
증거는 애초에 있지도 않았다고."

"그런데 그때 교도소에 갇힌 가족들을 구하러 시위대에 가
담했다가 사망한 사람이 있다는 얘길 들었는데?"

"그것도 거짓말이야. 교도소에 가족이 있는 사람이 시위대

에 포함된 건 사실이지만, 정작 그 사람의 사망 장소는 교도소 앞이 아니라 전남도청 앞이었어. 국방부가 이미 조사해서 사실이 아니라고 발표했지만, 문제는 아직도 그렇게 믿는 사람들이 많아."

지희가 지도 아래 있는 문구들을 보여줬다. 그걸 본 선욱은 입안이 바짝 탔다.

"5·18 민주화운동을 폭동이나 반란으로 보는 사람들은 공통적으로 시위대가 과격한 행동을 해서 공수부대와 군인들이 정당방위로 발포했다고 주장해. 하지만 18일날 기름을 부은 건 계엄군이었고, 그것이 끝내 과격한 발포로 이어진 거야. 국내외에 무수히 많은 증언과 기록이 있지만 다들 무시하거나 외면했어. 법을 준수해야 한다면서 말이야. 하지만 법을 어긴 건, 쿠데타를 일으켜서 비정상적인 방법으로 정권을 장악한 신군부이지, 광주 시민들이 아니야. 그 증거도 어렵지 않게 찾을 수 있어."

지희가 빠르게 책장을 넘겨서 흑백사진 한 장을 펼쳤다.

"당시 광주 시민들이 내건 현수막이야. 한번 읽어볼래?"

선욱은 허리를 굽혀 흑백사진 속 현수막에 써진 글귀를 소리 내 읽었다.

"북괴는 오판 말라……."

"사람들은 걱정했던 거야. 이번 일로 북한이 혹시나 딴마음을 먹을까봐 말이야. 21일 공수부대의 발포 이후, 시민들은 본격적으로 저항을 해. 그리고 그날, 공수부대를 비롯한 계엄군이 모두 철수하지. 만약 그때 광주에서 네 말대로 폭동이 일어났다면 무법천지였어야 해. 안 그래?"

"맞아. 총이 엄청나게 많이 풀렸잖아."

선욱이 고개를 끄덕거리자 지희가 말했다.

"하지만 당시 사람들은 일관되게 증언하고 있어. 굉장히 평화로웠다고 말이야."

"정말?"

"단전과 단수도 없었고, 절도나 폭행 같은 사건도 일어나지 않았어. 그 기간 동안 사람들은 서로 돕고 지냈대. 금남로를 깨끗하게 청소했고, 다친 사람들을 위한 헌혈도 자발적으로 이뤄졌고. 사람들은 필사적으로 질서를 지켰던 것 같아. 자신들이 왜 총을 들고 저항해야만 했는지 명분을 지키고 싶어서였겠지."

내내 침착함을 유지하던 지희는 더 이상 참지 못하겠다는 듯 목소리가 떨리고 있었다. 선욱은 참담한 심정으로 사진들을 바라봤다.

"그러는 사이 계엄군은 광주 주변을 물샐틈없이 봉쇄하고 광주의 소식이 외부로 전해지는 걸 막았어. 그래서 아무것도 모르고 도로를 오가던 시민들과 근처 마을 사람들이 애꿎게 피해를 입었지."

"그런 상황인 줄은 꿈에도 몰랐어."

"사람들은 자기만의 기준으로 진실을 만들고 때론 스스로를 가두곤 해. 광주에서 일어난 일이 폭동이 아니라 저항이고 민주화운동이라고 하면 그동안 믿어왔던 세계가 모두 무너지니까. 그래서 진실에 눈을 감고 거짓을 말하는 쪽만 바라보는 거지."

지희가 마지막에 '너처럼'이라는 말을 하기라도 한 듯 선욱은 얼굴이 화끈거렸다.

"몰랐었어."

"이제 앞으로가 중요한 거지."

지희의 말에 고개를 끄덕인 선욱은 크게 한숨을 내쉬었다. 지희가 몇 장을 더 넘기면서 덧붙였다.

"사실 후남 마을에서도 그런 비극이 일어났었어."

"여기에서도?"

"응. 너 외삼촌이랑 위령비 봤었지?"

선욱이 고개를 끄덕여 보이자 지희는 책장을 앞으로 넘겨 지도가 있던 쪽을 찾았다.

"봉쇄 과정에서 후남 마을에 큰 비극이 일어나."

"왜?"

"여기가 화순이랑 이어지는 도로 중간이거든. 그래서 공수부대가 일찌감치 주둔해. 지금 위령비가 있는 자리가 원래 공수부대 주둔지였어. 공수부대는 마을 입구 도로에 봉쇄선을 만들어놓았고, 5월 23일 광주에서 화순으로 가는 버스가 나타나니까 총격을 가했어."

"버스에 누가 타고 있었는데?"

"시민들. 대부분 십 대 후반의 학생들과 청년들이지. 화순이 고향인 사람들끼리 차를 구해서 가는 길이었어. 그러다 도로의 봉쇄망에 걸린 거고. 공수부대가 일제히 사격을 가해서 버스에 타고 있던 시민들이 모두 사망해."

선욱이 얼굴을 찡그린 채 설마설마하며 물었다.

"모두?"

"응, 열여덟 명 모두. 버스에 타고 있던 시민들이 총을 쏴서 대응한 거라고 하는데, 주변 목격자도 그렇고 현장에 있던 공수부대원들도 총을 가진 시민은 찾지 못했다고 했어."

"그럼 비무장 민간인들에게 총을 쐈다는 말이야?"

"응. 그런데 더 끔찍한 게 뭔지 알아?"

지희의 물음에 선욱은 고개를 저었다.

"몇몇 시신의 뒤통수에 근거리에서 발사된 탄환의 흔적이 발견된 거야. 거기다 자상, 그러니까 대검 같은 것에 찔린 상처도 발견되고."

크게 충격을 받은 선욱이 물었다.

"그게 무슨 말이야? 가까이서 쐈다고? 그리고 뭐, 대검? 총만 쏜 게 아니야?"

"맞아. 총격을 가한 후, 버스 안으로 직접 들어간 거야. 그러고는 부상을 입은 시민 생존자에게 총을 쏜 것도 모자라서 확인 사살까지 했어."

"정말, 여기 마을에서, 그런 비극이 벌어졌다는 말이야?"

너무 놀라 말을 제대로 잇지 못하는 선욱을 향해 지희는 고개를 끄덕거렸다.

"맞아. 그날 공수부대원들은 시신을 근처 산으로 운반해서 암매장해버렸어. 만약 훗날 마을 주민들의 목격담이랑 현장에 있던 공수부대원들의 양심선언이 없었다면 이마저도 묻혔겠지. 그렇게 광주 주변을 차단한 계엄군은 26일부터 광주로 진입했어. 그리고 마지막 남은 시민군의 거점인 도청을 공격했지. 진압 작전은 신속하게 끝났어."

선욱은 당혹스러웠다. 그동안 믿었던 진실이라는 것이 얼마나 허망한 거짓 위에 쌓여 있었는지 깨달았기 때문이다.

"아무것도 몰랐어, 나는."

선욱이 겨우 입을 열자 지희가 고개를 두어 번 주억이며 말했다.

"그럴 수밖에 없지. 민주화운동이라는 이름을 얻기 위해 광주 사람들은 아주 오랜 시간을 싸워야 했으니까. 사람들은 종종 말해. 광주에서의 항쟁은 아직 끝나지 않았다고."

"끝나지 않았다니?"

"광주를 짓밟고 자랑스러워한 독재자가 아직 살아 있고, 그들의 말을 철석같이 믿는 사람들이 여전히 있으니까. 그거 알아? 1990년대까지 영화나 드라마를 보면 조폭이나 범인이 꼭 전라도 사투리를 썼다는 거?"

"그래?"

"나도 잘 몰랐는데 엄마 얘길 듣고 나서야 알았어. 서울이나 경상도, 충청도나 강원도에는 조폭이나 범죄자가 과연 없었을까?"

"아니겠지."

"사람들은 마음 놓고 욕하고 탓할 대상이 필요했고, 정권은 그걸 이용해 전라도 광주에 대한 편견을 심었던 거야."

사진 화보집을 덮은 지희는 길게 숨을 내쉬며 바로 옆 진열장으로 발걸음을 옮겼다. 그 안에는 녹슨 탄환과 흙이 잔뜩 묻은 신발 같은 것들이 있었다.

"이게 다 뭐야?"

"아까 얘기한 버스 학살 사건의 희생자들을 발굴하면서 나온 것들이야. 저 옆에는 희생자들 얼굴이랑 이름이 있고."

선욱은 고개를 끄덕이며 하나씩 유심히 살폈다. 그러고는 곧 더듬거리며 말했다.

"열일곱, 열아홉, 스물하나, 열여덟. 다 학생들이네."

"그간 소문만 무성했지. 밝혀진 건 십 년도 안 됐을 거야."

"왜?"

선욱이 묻자 지희는 어깨를 으쓱거렸다.

"아무도 입을 열지 않았으니까. 일지는 조작되어서 희생자 숫자와 장소가 정확하게 나오지 않고, 당시 총을 쏜 군인들은 모두 입을 닫았어. 이곳 마을 사람들도 마찬가지였고."

"군인들은 그렇다 치고 마을 사람들은 왜 얘기하지 않은 건데?"

"두려웠겠지. 군인들에게 보복당할까봐."

"말도 안 돼!"

선욱이 혀를 차면서 고개를 절레절레 흔들자 지희가 정색을 하며 말했다.

"네가 지금 군인들이 쏘는 총에 바로 옆 사람이 피를 흘리면서 죽어나가는 걸 본다면, 생각이 달라질 거야."

"아, 미안. 그런 뜻으로 말한 건 아니었는데."

"어쨌든 용기 있게 진실을 말한 건 마을 사람들이었어. 암매장된 장소를 찾아준 것도 이 마을 사람들이었고. 결국 사건 삼십여 년 만에 사망자들의 신원이 밝혀졌어. 마을 사람들은 자신들의 비겁함을 반성하고 억울한 이들의 넋을 위로하겠다는 뜻을 담아 위령비를 세웠지. 그런데 얼마 전에 어떤 작자가 그런 위령비를 훼손했다고 하더라."

뜨끔해진 선욱은 눈을 껌뻑였다.

"어, 나도 들었어."

"난 그 얘기를 듣고 앞으로 5·18을 알리는 데 더 노력해야겠다는 생각을 했어."

"그런다고 과연 바뀔까?"

지희는 선욱의 물음에 잠시 생각하는 듯했다.

"어렵겠지만 계속 노력해야지."

선욱은 자리로 돌아와서 남은 포도주스를 마셨다. 맞은편에서 지희가 의자를 당겨 앉으며 말했다.

"그래도 잘 들어줬네. 중간에 화내고 나가는 사람들도 있었는데."

"그냥, 끝까지 듣고 싶었어. 왜 같은 일을 두고 극단적으로 다른 시각이 존재하는지 궁금하기도 했고."

"진실이 알려지는 게 불편한 사람들은 어디에나 존재하니까. 요즘은 유튜브나 SNS로 이상한 가짜 뉴스들만 보고 더 찾아보지 않는 사람들도 많더라. 믿고 싶은 사실을 말해주니까 그걸 믿는 거지."

선욱은 속으로 자신과 같은 부류를 말하는 거라고 생각했다. 학교에는 유튜브에서 본 걸 토대로 뭔가 색다른 주장을 하는 친구를 쿨하다거나 멋지다고 보는 애들이 많았다. 남들은 잘 모르는 뉴스를 발 빠르게 안다는 자부심이 진실과 거짓을 구분하는 눈을 가려버린 것이다. 선욱도 처음에는 그저 패거리에 끼기 위해 맞장구를 치다가 어느 순간 5·18을 폭동으로 믿어버리게 되었다. 지희와 얘기하며 차근차근 진실에 가까이 다가간 선욱은 자신이 부끄러웠다.

"오늘 좋은 얘기 들려줘서 고마워."

"들어줘서 내가 고맙지."

지희의 진심 어린 말에 선욱은 마음이 따뜻해졌다. 선욱이 일어나려고 하자 지희가 따라 일어나며 말했다.

"심심하면 또 놀러 와."

"그럴게."

선욱은 옅게 미소 지으며 역사관을 빠져나왔다. 문을 열고 내려다보는 지희에게 선욱은 망설이다 손을 흔들어줬다. 초여름이라 햇볕이 맹렬하게 쏟아졌다. 선욱은 가봐야 할 곳이 있었다. 발걸음을 서두르는 선욱의 마음은 무거웠다. 얄팍한 지식으로 진실을 매도하고 상처 입은 사람들에게 또다시 깊은 상처를 주었기 때문이다. 참으려고 애썼지만 눈물이 핑 돌았다. 선욱은 손으로 눈물을 훔쳤다.

"나 왜 이렇게 바보 같냐……."

위령비 앞은 여전히 접근 금지 테이프가 둘러져 있었다. 조심스럽게 계단을 밟고 최대한 가까이 다가선 선욱은 그 앞에서 고개를 푹 숙였다.

"잘못했습니다. 상처를 위로하는 곳인 줄도 모르고 바보같이 또 상처를 입히고 말았어요. 정말 죄송합니다."

선욱은 위령비 앞에 서서 울먹였다. 한참 후에야 어느 정도 마음이 진정된 선욱은 힘없이 돌아섰다. 원래는 집에 갈 생각이었지만 이런 모습을 삼촌에게 들키고 싶지 않았다. 선욱은 곧장 저수지로 향했다.

"거기서 머리 좀 식히고 가야지."

산길을 오래 걸어서 도착한 저수지는 여전히 고즈넉했다. 독수리 바위 쪽으로 걸어가자 역시나 어제 봤던 아이들이 까르르 웃어대며 물놀이를 하고 있었다. 선욱을 발견한 정훈이 손을 흔들며 반갑게 소리쳤다.

"성!"

선욱도 같이 손을 흔들어준 뒤 신발과 양말을 벗고 얼른 물속으로 뛰어들었다. 정훈이 물을 헤치고 달려와 선욱의 손을 잡아주었다. 그러고는 선욱의 얼굴을 올려다보며 물었다.

"혹시 울었다요?"

"응. 아, 아니!"

"에이, 아닌데. 뭣 한디 울었다요?"

"아, 그냥. 좀 잘못한 게 있어서."

"그라믄 인자 다 울었응께 잘못한 것은 생각허지 말아브러요. 잘못을 반성했으믄 그라믄 된 것이어요."

정훈의 어른스러운 말에 선욱은 하마터면 넘어질 뻔했다. 선욱은 간신히 버티며 정훈의 머리를 쓰다듬어줬다.

"나보다 훨씬 어른 같네. 고마워."

"일로 와서 우리랑 놀아요. 오늘도 성이 올랑가 해서 다들 기다렸어라."

선욱은 정훈의 손을 잡고 아이들이 모여 있는 곳으로 향했다. 네 명의 아이들이 활짝 웃으며 선욱을 반겼다.

용서

그 후 며칠 동안 선욱은 외삼촌을 도와 밭일을 돕고, 집 안팎에 있는 쓰레기를 치우기도 했다. 그리고 틈나는 대로 엄마에게 잘 지내냐는 카톡을 보냈고 간간이 짧은 답장을 받기도 했다. 어느덧 엄마가 여행에서 돌아온다고 한 날이 가까워지고 있었다. 선욱은 설렜다. 자신의 달라진 모습을 엄마에게 보여주고 싶었다. 외삼촌은 따로 말을 하진 않았지만 대견하다는 표정을 숨기지 않았다. 그러던 어느 이른 저녁 시간, 드디어 외삼촌이 선욱에게 칭찬의 말을 건넸다.

"힘들 것인디 일도 도와주고 고맙다야."

"먹여주고 재워주시는데 당연히 해야죠."

"느그 으메가 전화로 속창시가 터질 것 같다고 했을 때는,

니가 오직혔으믄 그랬으끄나 했는디 내가 잘못 봤는갑다."

"제가 잘못한 건 맞아요. 여기 와서 깨달은 거죠."

부엌에서 숭늉을 가져오던 외숙모가 맞장구를 쳐줬다.

"그람요. 우리 선욱이가 을매나 착현디요. 아침저녁으로 인사도 잘허지. 밥 먹으면 또 잘 먹었습니다, 허지. 아주 똑부러진당께요."

선욱은 쑥스러워 괜히 후룩 소리를 내며 숭늉을 마셨다.

"엄마한테 큰 실망을 안겨드렸잖아요. 이제 다시 만나면 잘해야죠."

외삼촌도 숭늉을 소리 내 마시며 말했다.

"그랄 것이다잉. 틀림없이 좋아할 것이여."

선욱은 이때를 틈타 그간 궁금하던 것을 물었다.

"그런데 여긴 왜 같은 이름의 저수지가 두 개예요?"

"갑저키 뭔 소리냐?"

흐뭇하게 웃던 외삼촌의 표정이 굳어지자 선욱은 살짝 움츠러들었다.

"마을 입구에 있는 후남 마을 저수지 말고 화순 쪽으로 더 내려가면 도로 옆에 저수지가 하나 더 있잖아요."

"거그에 갔었나?"

외삼촌이 숟가락을 내려놓으며 물었고 선욱은 고개를 끄덕거렸다.

"네."

"니 다시는 거그 가지 말어라."

"왜, 왜요?"

뜻밖의 말에 선욱이 묻자 외삼촌이 핏발 선 눈으로 선욱을 쏘아봤다.

"가지 말라믄 가지 마!"

큰 소리에 놀란 선욱에게 옆에 있던 외숙모가 조용하라는 손짓을 했다. 하지만 왠지 모르게 반발심이 생긴 선욱은 외삼촌을 똑바로 바라보며 답했다.

"아니, 이유를 알아야 가든 말든 하죠. 무작정 가지 말라고 하시면……."

순간 선욱의 눈에서 불이 번쩍 났다. 말을 채 끝맺기도 전에 외삼촌이 그 억센 손으로 뺨을 때렸기 때문이다. 옆으로 쓰러져 있는 선욱을 보며 벌떡 일어선 외삼촌은 미처 목구멍으로 넘기지 못한 밥알을 튀겨가면서 거칠게 소리를 내뱉었다.

"거그는 가지 말라고! 절대로 가믄 안 된께! 기냥 그라고 알어!"

겨우 추스르며 일어난 선욱은 코에서 뜨거운 피가 주르륵 쏟아지는 걸 느꼈다. 머리가 핑 도는 와중에 외삼촌이 고래고래 지르는 소리가 어렴풋이 들렸다. 미친 사람처럼 떨며 허우적거리는데 그 모습이 너무나 무서웠다. 외삼촌을 말리던 외숙모가 선욱에게 말했다.

"아이고, 아가야. 느그 외삼촌이 진정이 안 되븐다. 좀 나갔다 와라잉. 위메, 으째 이라씨요."

선욱은 대충 옷소매로 코피를 닦고 신발을 구겨 신은 채 그대로 대문을 빠져나왔다. 등 뒤에서 외삼촌이 지르는 괴성과 메리의 컹컹 짖는 소리가 뒤섞여 들려왔다. 집에서 점점 멀어지자 그제야 서럽고 억울한 마음이 밀려들었다. 선욱은 한 대 맞은 뺨이 얼얼해서 두 손으로 감싸며 마을회관 2층으로 향했다. 여기 말고는 마땅히 갈 곳이 없었다. 때마침 역사관 앞에 나와 있던 지희가 선욱의 얼굴을 보고는 깜짝 놀라 달려왔다. 그때까지도 뜨거운 코피가 흐르고 있었다.

"무슨 일이야?"

"들어가서 얘기해."

"그래. 얼른 들어가자."

지희는 후다닥 계단을 뛰어올라가 문을 열고 책상 서랍을 열었다. 이리저리 뒤지던 지희가 구급상자를 꺼냈다.

"이리 와봐."

선욱이 의자에 앉자 지희는 얼른 알코올을 묻힌 솜을 핀셋으로 집었다. 그리고 피가 흐르는 코 주변을 닦아주었다.

"넘어지기라도 한 거야?"

"그게 아니라……. 아야!"

"미안. 너무 세게 눌렀나봐."

지희가 미안한 얼굴로 다시 새 솜에 알코올을 묻혔다. 지희에게 치료를 받으면서 선욱은 마음을 가라앉혔다. 피 묻은 솜을 싹 모아서 휴지통에 버리고 다시 자리로 돌아온 지희가 물었다.

"무슨 일인지 이제 말해줄 수 있어?"

"외삼촌이 갑자기 때렸어."

"민기 아저씨가? 왜? 무슨 일로?"

"아무 일도 없었어. 그냥 갑자기……."

선욱이 넋 나간 표정으로 대답했다.

"후남 저수지에 대해서 물어봤는데 삼촌이 다짜고짜 화를 내면서 뺨을 때렸어."

"후남 저수지?"

"응. 마을 입구에 있는 거 말고 화순 쪽으로 남쪽에 하나 더 있는 거."

선욱이 손으로 방향을 가리키자 지희는 안다는 듯 고개를 끄덕였다.

"마을 입구에 있는 건 이십 년 전에 만든 저수지고, 더 남쪽에 있는 건 원래부터 있던 저수지야. 산에서 내려온 물이 움푹한 곳에 모여서 자연적으로 만들어졌대. 얕지만 마르지 않아서 아주 오래전부터 논에 물 댈 때 썼다고 했어."

"지금도 물이 있던데 왜 새로 다른 저수지를 만든 거야?"

"그것보다, 넌 그 저수지 이름이 후남 저수지라는 걸 어떻게 알았어?"

선욱은 그곳에서 만난 아이들과 있었던 일을 지금 굳이 말하고 싶지 않아서 대충 둘러댔다.

"그냥 오다가다 들었지. 근데 표지판도 안 세워놓고 다른 저수지가 있는데도 같은 이름으로 부르는 게 이상해서 외삼촌한테 물어본 거였어."

"그런데 갑자기 화를 내셨다?"

"응, 외삼촌이 그렇게 화를 내는 건 처음 봐."

선욱이 고개를 절레절레 내젓자 지희가 측은한 눈으로 바라봤다. 선욱은 그 눈빛에서 뭔가 감춰진 비밀이 있다는 것을 대번에 알아차렸다.

"무슨 일이 있었구나."

"맞아. 왜 새로 저수지를 만들었는지 물었지? 이거 때문이었어."

지희가 천천히 사진 화보집을 펼쳐 보여주었다. 노란색 포스트잇이 붙여진 책장에는 '후남 마을 저수지 총격 사건'이라는 제목 아래 글과 사진들이 있었다. 흑백사진에 나오는 저수지의 모양이나 뒤에 있는 산의 형태가 분명 선욱이 갔던 그 저수지였다. 총격 사건이 저수지에서도 있었다는 사실에 충격을 받은 선욱이 크게 눈을 껌뻑거리자 지희는 깊이 한숨을 쉬고는 화보집을 선욱 앞으로 밀어주었다.

"아래 기사 스크랩한 거랑, 조사위원회에서 발표한 자료가 있으니까 같이 읽어봐."

선욱은 급히 글을 읽어 내려가기 시작했다.

'시작은 계엄군 간의 오인 교전이었다. 후남 마을에 주둔하고 있던 공수부대가 이동 명령을 받은 것은 1980년 5월 24일 오전이었다. 그들은 육군 병력에게 주둔지를 넘겨주고 징발한 트럭과 버스를 타고 화순으로 이동했다. 하지만 이동한 지 얼마 되지 않아 매복한 시민군으로부터 사격을 받았다. 공수부대가 탄 버스와 트럭은 무반동포와 50구경 기관총까지 동반한 사격으로 삽시간에 쑥대밭이 되었다. 간신히 살아난 공수부대원들은 길가로 흩어져서 반격에 나섰다.'

여기까지 읽은 선욱은 고개를 갸웃거렸다.

"시민군이 무반동포랑 기관총까지 손에 넣었어?"

"계속 읽어봐."

지희의 재촉에 선욱은 그 아래를 읽기 시작했다.

'동료들의 죽음을 뒤로하고 반격에 나선 공수부대원들은 마침내 매복하고 있던 시민군들을 붙잡았다. 하지만 그들은 시민군이 아니라 인근에 주둔 중인 보병부대였다. 보병부대는 광주에서 화순으로 이어지는 도로를 차단하라는 명령을 받고 대기하던 중에 트럭과 버스가 이동하자 시민군으로 생각하고 사격을 가했던 것이다.'

"어처구니가 없네."

선욱이 혀를 차자 지희가 그 정도는 별것 아니라는 표정을 지었다.

"더 큰 비극은 그 이후에 일어났어."

선욱은 다시 그 아래 부분을 읽어 내려갔다.

'분노한 공수부대원들은 인근의 병원으로 부상자와 시신을 옮기면서 주변에 마구 총질을 해댔다. 그 바람에 병원 인근 마을에서 사망자와 부상자가 발생했다. 그러고도 분이 풀리지 않은 공수부대원들은 주변에 흩어져 마을로 가서 주민들을 끌어내 마구잡이로 총살하는 짓을 저질렀다.'

그다음부터는 사망자들의 명단이 쭉 나왔다. 선욱은 지희에게 물었다.

"마을 사람들을 왜 죽인 거지? 자기들끼리 오인 교전을 한 거잖아."

"화풀이였대. 나중에 양심선언을 한 어떤 공수부대원이 증언하길, 자신들을 오인 사격한 보병부대를 공격할 수 없어서 대신 마을 사람들에게 총부리를 겨눠 화풀이를 했대. 그러고는 주민들이 보병부대에게 시민군이라고 거짓으로 일러바치는 바람에 오인 사격이 발생한 거라고 덮어씌운 것 같아."

"어이가 없네."

"야만의 시대였으니까. 같이 먹고 자던 동료가 죽으면 눈
이 뒤집혀서 아무것도 보이지 않았을 수도 있어. 하지만 그렇
다고 죄 없는 시민들을 마구 죽여도 되는 건 아니야."

지희의 얘기를 들은 선욱은 남은 부분을 마저 읽었다.

'오인 교전으로 피해를 입은 공수부대에게 상무대로 이동하라
는 명령이 다시 떨어졌다. 왔던 길을 다시 돌아가야 했던 공수부
대는 이번에는 아주 천천히 도로를 달렸고, 그러다가 이전에 주
둔했던 후남 마을을 지나쳐갔다. 다행히 선발대를 미리 보내서
그곳에 있던 육군 병력과는 아무 문제가 없었다. 하지만 후남 마
을로 접근하던 공수부대원들은 도로 바로 옆 저수지에서 물놀
이하던 아이들이 손을 흔들자 그대로 총을 쏴버렸다.'

"진짜야? 이거?"

선욱이 눈을 동그랗게 뜨고 묻자 지희가 고개를 끄덕였다.

"응……. 사실이야."

선욱은 쿵쿵대는 가슴을 누르며 기록을 계속 읽었다.

'아이들은 군인들이 차를 타고 지나가는 게 신기하고 반가워 손을 흔든 건데 공수부대원들이 사격을 가한 것이다. 다섯 명의 아이들이 총에 맞아 쓰러졌다. 차를 세운 공수부대 대원들은 아이들의 시신을 싣고 그대로 떠나버렸다. 후남 마을 주민들이 총소리를 듣고 달려왔을 때는 아이들이 신던 신발들만 덩그러니 놓인 상태였다. 충격을 받은 주민들은 아이들의 시신이라도 돌려받기 위해 백방으로 손을 썼지만 당시 분위기로는 어림도 없었다. 몇 년 후, 물어물어 공수부대의 원래 주둔지를 찾아갔지만 아이 부모들은 협박과 구타만 당하고 쫓겨났다.'

"대체 아이들은 왜 쏜 거야?"

"청문회 때 당시 지휘관이 나와서 얘기했는데, 차로 이동 중에 아이들이 갑자기 튀어나와서 소리 지르는 바람에 적으로 오인해 쐈다고 했어."

그러자 선욱이 버럭 화를 냈다.

"아니, 말도 안 되는 소리잖아. 다 애들 아냐! 게다가 내가 그 저수지에 가봤는데 도로 옆에 바로 붙어 있고, 중간에 아무것도 없었어. 오인 교전이 일어날까봐 천천히 움직였다면서 어떻게 그러냐?"

선욱이 흥분해 목소리를 높였지만, 지희는 침착했다.

"나는 이런 말도 안 되는 억지 주장들을 너무 많이 봐왔어. 이때가 어떤 시대였는지 이제 좀 알겠지?"

"그럼 그 아이들의 행방은 전혀 알 수 없는 거야?"

지희는 천천히 고개를 끄덕였다.

"지휘관은, 자신은 후미에서 총소리를 들은 게 전부였다고 했어. 차를 멈추고 앞 트럭에 탄 부하에게 무슨 일이냐고 물었더니 별일 아니라고 해서 다시 이동 명령을 내렸다고 했어. 자신은 아이들의 시신을 본 적도 없고, 어떤 보고를 받은 적도 없다고 했어."

"그럼 직접 쏜 군인들은?"

"아이들을 데리고 가다가 근처 병원에 내려놓고 갔다고 했어. 하지만 어떤 병원인지, 어디에 있는 건지는 기억이 나지 않는다고 마치 짜 맞춘 것처럼 증언을 했어. 버스 오인 사격에 대해 양심선언을 한 그 공수부대원이 아니었다면 이 사실도 밝혀지지 않았을 거야."

"그 사람은 아이들이 어디로 갔는지 모른대?"

"응. 같은 부대가 아니었나 봐. 술에 취한 어떤 병사가 자기 손으로 어린애들을 쐈다고 소리 지르며 절규하는 걸 본 게 전부라고 했어."

"기가 막혀서 말도 잘 안 나오네. 그땐 그렇다 쳐도 지금은 진실이 밝혀져야 하지 않아?"

"그걸 불편해하는 사람들이 아직은 많으니까. 어쩌면 5·18 민주화운동을 진압한 계엄군도 피해자라고 할 수 있어. 그 이후에 심리치료를 제대로 받지 못하고 후유증에 시달리고 있는 사람들이 있거든."

"그렇다고 이대로 넘어갈 수는 없잖아."

"내가 그 얘기를 했더니 누가 그러더라. 성공한 쿠데타는 처벌할 수 없다고 판결한 나라에서, 너무 많은 걸 바라면 안 된다고."

충격을 받은 선욱에게 지희가 설명을 이어갔다.

"그 일은 여기 마을 사람들에게 큰 충격을 주었어. 그래서 비극이 벌어진 후남 저수지를 더 이상 쓰지 못하고, 마을 입구에 새 저수지를 만들어 거기에 '후남 마을 저수지'라는 이름을 붙인 거야. 비극을 잊기 위해서 말이야."

"비극은 기억해야 하는 거 아니야?"

선욱의 반문에 지희가 대답했다.

"그러기에는 버겁고 고통스러운 일이었으니까. 게다가 항쟁이 끝난 이후 광주는 또 다른 싸움을 벌여야 했어."

"어떤 싸움?"

"광주에서 일어난 일을 이제 그만 잊어버리라거나 오히려 폭동이라고 조작하는 사람들에게 맞서서 진실을 알리는 싸움. 항쟁 기간 동안 사망한 사람들은 제대로 된 절차도 없이 묘지에 묻혔고, 심지어 암매장되기도 했어. 유가족들에게는 폭도의 가족이라는 거짓 오명을 씌워서 진실을 알리려는 그들을 감시하고 회유하고 협박하기까지 했지."

"죽인 것도 모자라서 가족들을 괴롭혔구나."

"감시와 미행이 일상이었다는 얘기를 들었어. 항쟁 이후 벌어진 재판도 엉터리로 진행되었고 말이야. 이후로 광주는 오랫동안 다른 지역 사람들에게 폭동이 일어난 도시로 낙인찍혔고, 사람들은 손가락질을 받았지. 고향이 이곳인 우리 아빠도 그랬을 거고."

자신도 그중에 한 명이라는 말을 차마 하지 못한 선욱의 속마음을 알기라도 한 듯 지희가 힘없이 말했다.

"여기에 대한 진상 규명은 1987년 6월 항쟁으로 시작되었어. 다음 해 국회에서 청문회가 열리면서 비로소 사람들이 광주의 진실에 대해 눈을 뜨게 되었지."

"나도 그 청문회 영상을 유튜브에서 본 적 있어."

선욱은 어렵게 입을 뗐다. 선욱이 본 것은 5·18 민주화운동이 왜 폭동인지 설명하는 데 초점이 맞춰진 짜깁기 영상이었기 때문이다. 지희가 씁쓸한 표정으로 답했다.

"폭동, 사태란 말 대신 민주화항쟁, 민주화운동이라고 말하기 시작한 것도 얼마 되지 않았고, 이런 사실들을 마음 놓고 얘기할 수 있게 된 것도 얼마 되지 않았어. 모든 것이 밝혀지려면 아직 멀었지."

지희의 마지막 말에 선욱은 가슴이 저릿했다. 선욱은 '후남 마을 저수지 사건'이라는 제목 아래 기사들을 눈으로 다시 읽던 중 실종된 아이들의 이름이 적힌 부분에서 갑자기 눈길이 멈췄다.

"남정훈 열두 살, 김도섭 열두 살, 박상민 열두 살, 최경철 열두 살, 이은상 열두 살……."

"후남 마을에서 같이 자랐고, 학교도 같이 다니던 친구들이었어. 그날도 덥다고 같이 저수지로 물놀이를 갔었대."

선욱은 지희의 말이 귀에 들어오지 않았다. 실종된 아이들의 이름 아래에 있는 사진에서 눈을 뗄 수 없었기 때문이다. 흐릿한 흑백사진이었지만 선욱은 한눈에 알아볼 수 있었다.

'제일 오른쪽에 눈이 찢어진 것이 도섭이, 그 옆에 마른 것이 상민이, 그리고 그 옆에 더 빼쩍 마른 것은 경철이, 그리고 그 옆에 머리 긴 아가 은상이어라.'

"맙소사! 우연의 일치겠지?"

선욱은 창백한 얼굴로 혼잣말을 했다.

"뭐가?"

지희가 이상하다는 듯 물었다.

"아, 아무것도 아냐."

선욱은 당혹감을 감추려 애썼다. 이름, 나이, 얼굴, 하필이면 사건이 있었던 그곳……. 여러 가지가 딱 들어맞지만 사십여 년 전에 죽은 아이들이 그 모습 그대로 눈앞에 나타났다는 건 있을 수 없는 일이었다. 선욱의 머릿속에서 한 가지 의문이 더 들었다.

"그런데 왜 외삼촌은 내가 후남 저수지에 갔단 얘기를 듣고 그토록 화를 내신 거지?"

선욱의 말에 지희는 복잡한 표정으로 입술을 달싹거렸다.

"넌 뭔가 아는 거지? 도대체 뭐야? 아는 대로 말해줘."

"그러니까 그게 말이야……."

그때 삐걱하고 유리문이 열리는 소리가 들렸다. 선욱은 무심코 고개를 돌렸다가 역사관 안으로 들어오는 사람을 보고 깜짝 놀랐다.

"외, 외삼촌!"

선욱이 벌떡 일어나자 외삼촌이 초췌한 몰골로 말했다.

"여그 있을 것 같아서 와봤다."

"가, 갈 곳이 없어서……."

"내가 미안허다야. 코는 좀 괜찮하냐?"

미안하다고 말하는 외삼촌의 목소리가 갈라졌다. 집을 나올 때 억울하고 서러웠던 선욱의 마음은 어느새 풀어져 있었다.

"괜찮아요."

"민기 아저씨, 이리 앉으세요."

지희가 재빨리 일어나며 말했다. 자리에 앉은 외삼촌이 두 손으로 머리를 쥐어뜯었다.

"그랑께. 선욱이 니한테 그 야그를 듣는 순간, 이라고 머릿속이 허옇게 되블믄서 암 생각도 안 나브렀다. 이날 이때까지 으짜든지 잊어블라고 그랬는디 그랄 수가 없었어야."

"거기서 무슨 일이 벌어졌는데요?"

선욱이 조심스럽게 묻자 외삼촌이 무거운 목소리로 대답했다.

"거그에 있었다."

"그곳이라면 옛 후남 저수지요?"

고개를 끄덕거린 외삼촌이 머리를 감싼 손을 떼면서 중얼거렸다.

"잉. 성들이랑 같이 있었어야. 그날, 거그에."

선욱은 마른 침을 삼키며 외삼촌을 바라봤다. 지희는 조금 떨어진 곳에 가서 앉았다. 외삼촌은 파르르 떨리는 양손을 꽉 움켜쥐며 그날의 일을 얘기하기 시작했다.

"그랑께 징하게 더운 날이었어야. 성들이 저수지 간당께 좋다고 따라갔어. 성들한테 배운 섬집 아기라는 노래까정 부름서."

그날

* * *

"아따. 뭔 날이 이라고 덥다냐?"

상민이 늘어진 러닝셔츠 위로 물을 뿌리며 말하자 경철이 맞장구를 쳤다.

"그랑께. 인자 5월인디 이라고 더우면 8월에는 아주 폭폭 쪄불겄다."

그러자 독수리 바위 위에 걸터앉아 금방 빤 양말을 쥐어짜던 은상이 거들었다.

"있냐. 이라다가 모판에 있는 벼들이 다 꼬시라지겄다고 아부지가 걱정을 징하게 하든디 으짤랑가 모르겄어야."

그때 물을 끼얹고서 주변을 돌아보던 정훈이 말했다.

"그란디 민기는 으디 갔데? 아까꺼정 여그 있었는데."

"아까침에 절로 가든디야?"

상민이 고개를 들고 도로 쪽을 가리켰다. 그러자 독수리 바위에 대자로 뻗어 있던 도섭이 말했다.

"아따. 그짝으로는 가지 말라 그랑께 말을 안 듣네. 아야 가보자야."

도섭이 앞서고 아이들이 뒤를 따라 물속을 헤치며 걷기 시작했다. 화순과 광주를 오가는 차들이 심심찮게 다니는 도로였지만 요즘은 개미새끼 한 마리도 보이지 않았다.

"그란디 광주서는 뭐던디 그 난리가 났으까?"

도섭의 질문에 바로 뒤에 따라가고 있던 경철이 대답했다.

"나도 모르제. 아부지한티 물어봤는디 모르겄다면서 기냥 막 물어보지 말라고만 그라시드랑께."

"있냐. 나는야 뭔 일인지 알어야."

조용히 있던 상민이 말하자 아이들이 일제히 물었다.

"뭣인디야?"

"기섭이 아재가 그랬는디. 광주에 북한군들이 내려와브렀다고 안 하냐."

"그것이 말이 된데? 여그서 3·8선이 을마나 먼디야?"

도섭이 콧방귀를 뀌고 다른 아이들도 맞장구를 치자 상민의 얼굴이 붉어졌다.

"아니여. 그랑께 비행기를 타고 몰래 날아와가꼬 이라고 낙하산을 타고 뛰어내려브렀다고 그랬당께. 그랑께 용감한 국군 아저씨들이 북한군을 무찌른다고 내려왔다 그라드랑께."

"아따 그라믄 북한군은 인자 다 디져블겄그만. 우리 국군 아저씨들이 을마나 용감하고 싸움을 잘한디야!"

경철이 끼어들자 옆에 있던 은상이 핀잔을 줬다.

"니는 군대도 안 갔음서 뭣을 안다고 그라냐?"

"알제 왜 몰라. 지난번에 나가 국군 아저씨한테 위문편지 쓰고 답장까지 받았는디야. 거그서 북한군이 기어 내려오면 단박에 박살 내블고 평양까정 가분다고 했씨야. 알것냐?"

경철이 핏대를 세우면서 얘기하자 상민이 거들었다.

"그라제. 텔레비에 배달의 기수 못 봤냐? 거그서 보면 국군 아저씨들이 맨당 이기지 않드냐. 안 그라디야?"

아이들이 서로 얘기를 주고받는 사이, 앞장서 걷던 도섭이 소리쳤다.

"민기 저그 있다. 아야. 민기야!"

도섭이 민기를 부르며 다가가자 물가에 쪼그리고 앉아 있던 민기가 손을 번쩍 들었다.

"성!"

"야, 이 쨰깐아. 내가 니 이쪽으로 오라 그라드냐, 말라 그라드냐?"

도섭이 다가오며 말하자 민기가 발을 가리켰다.

"미안혀. 개구락지 잡아서 성들 놀래킬라고 여그 왔다가 돌아갈라 그랬는디 유리조각에 발바닥을 비어브러가꼬."

"뭔 유리야?"

"이것이라. 사이다 병 같어라."

민기가 옆에 놓은 유리조각을 가리켰다. 톱날처럼 뾰족하게 깨진 조각을 본 정훈이 혀를 찼다.

"워매, 누가 차 타고 지나가다가 빈 병을 던져브렀능갑네. 괜찮하냐?"

"발에서 피가 나븐데 어짤까?"

울상이 된 민기의 말에 정훈이 웃으며 말했다.

"괜찮해. 우리가 부축해주면 되잖애."

"그란디 엄니한테 인자 혼나면 어짤까? 저수지로 멱 감으러 댕기지 말라 그랬는디라."

"아야. 그것이야 기냥 우리랑 토깽이 잡을라고 산에 갔다 그랬다고 하면 된께 걱정은 허지 마야."

"진짜로?"

민기가 모두에게 확답을 받고 싶은 듯 형들을 둘러봤다. 정훈과 친구들이 제각각의 표정으로 고개를 끄덕거리자 민기는 마음을 놓았다. 정훈과 도섭이 민기를 양쪽에서 부축해서 돌아가는데 자동차 소리가 들렸다.

"뭐데? 저그 차가 오는디야?"

도섭의 말에 다들 걸음을 멈추고 돌아봤다. 멀리서 다가오고 있는 트럭을 본 민기의 눈이 커졌다.

"군인 아저씨들인디?"

민기는 자신을 부축하던 정훈과 도섭에게서 벗어나 찻길로 절뚝거리며 뛰쳐나갔다.

"아저씨! 군인 아저씨!"

민기가 손을 흔들며 소리치자 천천히 달려오던 트럭이 멈춰 섰다. 신이 난 민기가 계속 손을 흔들며 다가가려고 하자 정훈이 민기의 어깨를 잡았다.

"아야 민기야! 기냥 가자."

"으채? 국군 아저씨들이잖어!"

민기가 정훈의 손을 뿌리치는 찰나, '타당 탕 타당 탕' 하는 콩 볶는 소리가 나더니 주변에 물이 튀었다.

"뭐, 뭣이야?"

뒤에 있던 경철과 은상이 물이 튀는 주변을 돌아보다가 입에서 피를 뿜으며 기슭에 쓰러졌다.

"경철아! 은상아!"

깜짝 놀란 상민이 친구 이름을 외치는데 다시 '타당 탕' 하고 총소리가 났다. 상민은 그대로 물속으로 고꾸라졌고 옆에 있던 도섭도 그대로 넘어졌다. 도섭의 어깨에서 철철 쏟아진 피가 저수지로 흘러 들어갔다. 정훈은 두 번째 총소리가 나자마자 놀란 민기를 데리고 물속으로 뛰어들었다.

"성! 살려줘!"

갑자기 코와 입으로 물이 들어오자 당황한 민기가 소리쳤다. 정훈은 얼른 민기의 입을 틀어막았다.

"쉿. 시끄럽게 하적 말고 니는 얼릉 저그 독수리 바우까지 기어가야."

"성! 같이 가! 나 무섭다고."

"나는 못 가겄씨야."

"어찌서?"

울먹거리는 민기에게 정훈이 힘없이 말했다.

"다리팍에 총을 맞아븐 것 같어야. 꼼짝도 못하겄어야."

"기냥 내가 끌고 가믄 되잖애. 성도 나 부축해줬잖어. 같이 가, 성."

민기가 팔을 잡아당기자 정훈이 고개를 저었다.

"아야. 그라지 말고 언능 너라도 도망쳐 숨으랑께. 절대로 소리 내면은 안 된다잉. 알았제?"

"성!"

"언능 가라고!"

민기에게 늘 다정하던 정훈이 무서운 얼굴로 소리쳤다.

"어여 가, 어여!"

쓰러진 채로 가늘게 눈을 뜬 도섭이 민기에게 어서 가라고 눈짓했다. 민기는 이러지도 저러지도 못하다가 정훈이 세게 등을 떠밀자 울먹거리며 물속을 낮게 기어갔다. 겨우 독수리 바위에 도착한 민기는 바위에 찰싹 붙어 있었다. 잠시 후, 철퍽거리며 물을 헤치는 소리가 들렸다. 살짝 고개를 내민 민기는 얼굴에 검은 칠을 한 군인들이 총을 들고 쓰러진 형들에게 다가가는 걸 봤다. 민기는 바위 뒤에서 손으로 입을 틀어막고 숨을 죽였다. 방금 전까지 웃고 떠들던 형들이 꼼짝도 못하고 쓰러져 있거나 피를 흘리며 신음하고 있었다. 민기는 형들을 그렇게 만든 게 우리나라 군인들이라는 사실이 믿기지 않았다. 그때 대장으로 보이는 군인이 말했다.

"너희들밖에 없었냐?"

"야. 군인 아저씨 살려주씨요. 아프요."

정훈이 다 죽어가는 목소리로 말하자, 대장이 부하 군인들에게 말했다.

"야, 차에 실어. 이 새끼들아, 다음부터는 좀 잘 보고 쏴!"

"알겠습니다!"

잔뜩 기합이 든 자세로 경례한 군인들은 정훈과 나머지 아이들을 둘러메고 돌아갔다. 민기는 군인들의 뒷모습을 지켜보다 너무 무서워 저도 모르게 딸꾹질을 해버렸다. 맨 뒤에 가던 군인 한 명이 걸음을 멈추고 돌아서서 소총을 독수리 바위쪽으로 겨눴다. 놀란 민기는 코를 막고 재빨리 물속으로 푹 들어갔다. 코를 막은 손이 덜덜 떨리고 자꾸 울음이 터져 나오려했다. 총을 든 군인이 바위 코앞까지 다가오자 겁에 질린 민기는 그대로 오줌을 지렸다. 이제 몇 발자국만 더 오면 들킬 것이 뻔했다. 그때 도로에 서 있던 트럭에서 경적 소리가 날카롭게 울렸다. 군인은 총을 도로 어깨에 걸치며 신경질적으로 말했다.

"아, 간다니까."

마지막 군인이 돌아가고 곧 트럭이 출발하는 소리가 들렸다. 홀로 남은 민기는 트럭 소리가 사라진 뒤 형들이 총에 맞았던 곳으로 갔다. 저수지 물이 찰랑거리며 형들이 흘렸던 피를 옅게 퍼뜨리고 있었다. 비로소 민기는 형들이 모두 끌려갔다는 걸 체감했다. 민기는 무릎을 꿇은 채 흐느껴 울었다.

"정훈이 성! 도섭이 성! 상민이 성! 경철이 성! 은상이 성! 다 으디 갔소? 우리 성들 다 으디로 데려갔소? 말 좀 해보씨요!"

아무리 소리쳐도 형들은 돌아오지 않았다. 민기는 총소리를 들은 어른들이 저수지로 올 때까지 하염없이 울고 있었다.

* * *

외삼촌의 회상은 긴 한숨과 함께 끝이 났다. 떨리는 손을 내려다보던 외삼촌이 힘없이 말했다.

"성들을 본 것이 그때가 마지막이었어. 믿지는 않았지만 누가 그라는디 치료를 해줄라고 데꼬 갔을 수 있다고 하니께 성들 가족들이 여그 병원이란 병원을 싹 다 뒤지고, 난중에는 서울에 있는 병원까지 그라고 뒤졌어도 찾을 수가 없었어야."

"군인들은 뭐라고 했나요?"

"답답항께 부대까정 찾아갔어. 그란디 거그서도 뚜들겨 맞고 쫓겨나브렀다. 그때는 전라도 것들이라고, 숨만 쉬어도 죄인 취급을 받았을 때였응께."

외삼촌의 얘기를 듣던 지희가 설명을 덧붙였다.

"공식적으로는 아직 실종 상태야."

"말도 안 돼……."

지희가 외삼촌을 안타까운 눈으로 바라봤다.

"그 일은 민기 아저씨뿐만 아니라 마을 사람들 모두에게 엄청난 고통을 줬어. 그 상처는 지금도 남아 있고 말이야."

"그것이 다 내 탓이여. 다 내 탓이여, 내 탓. 다 내 탓이랑께, 그것이……."

외삼촌이 같은 말을 반복하며 울먹였다. 선욱은 외삼촌에게 뭔가 위로의 말을 건네고 싶었다.

"아이들에게 무차별로 총을 쏜 군인들이 잘못한 거지, 외삼촌 잘못이 아니에요."

"있냐, 지금도 계속 그때만 생각나면 막 그란다. 나가 그때 군인들이 탄 차를 보면서 소리만 안 질렀으면 으쨌을까 함서 말이여. 성들은 나를 숨겨주고는 끌려갔어야. 동생 하나 살릴라고 즈그들이 죽은 것이라고."

외삼촌은 더 참지 못하고 두 손으로 얼굴을 감싼 채 울부짖었다.

"뭣이 있겄냐. 내가 죄인이어야. 성들을 죽인 살인자가 나 아니면 누구겄냐."

자신을 탓하며 울고 있는 외삼촌에게 선욱이 말했다.

"살인자는 따로 있어요. 외삼촌 잘못이 아니라고요!"

선욱은 하염없이 우는 외삼촌을 보다가 참지 못하고 자리에서 일어났다. 창가로 가서 눈물을 훔친 선욱이 중얼거렸다.

"왜 내 앞에 나타났는지 알 것 같아."

"뭐가?"

지희의 물음에 선욱은 대답 대신 부탁을 했다.

"외삼촌 좀 봐줘."

"어디 가게?"

"만나야 할 사람들이 있어서."

선욱은 곧장 밖으로 나와 콧속에 있는 솜을 신경질적으로 빼서 던지며, 저수지를 향해 뛰어갔다. 너무 슬퍼서 가슴이 터질 것만 같았다. 단숨에 도착한 선욱은 숨을 헉헉거리며 독수리 바위를 찾았다. 아이들은 오늘도 그곳에 모여서 물놀이를 하고 있었다. 사십여 년 전, 군인들에게 총을 맞기 전 그 모습 그대로 말이다. 선욱은 신발을 벗을 생각도 못하고 저수지로 걸어 들어갔다. 정훈이 활짝 웃으며 선욱을 불렀다.

"성!"

정훈의 얼굴을 본 선욱은 가슴이 무너지는 듯했다. 선욱은 그 자리에 서서 정신없이 흐느껴 울었다. 정훈을 비롯한 다섯 아이들이 어리둥절해하며 선욱을 둘러쌌다.

"갑저키 으채 운다요?"

은상이 걱정스레 묻자 선욱은 눈물을 삼키고 입을 열었다.

"나 알아, 너희들이 누군지. 얘기 들었어. 왜 떠나지 못한 거야?"

은상은 바로 대답하지 않고 다른 아이들을 바라봤다. 서로 말없이 눈길을 주고받던 아이들의 얼굴은 점점 슬픈 표정이 되어갔다. 하지만 다시 곧 맑은 얼굴을 찾았고 정훈이 입을 열었다.

"기냥. 기다리고 있었어라."

"민기를?"

"누가 되었든이라. 간다고 작별을 할 시간이 없었응께요."

울컥한 선욱이 정훈에게 물었다.

"너희들 그동안 어디 있었어? 우리 외삼촌, 그러니까 민기가, 마을 사람들이, 모두가 너희를 찾고 있어."

"우리는 그라고 멀리에 가 있지는 않아라."

"알려줘. 그럼 내가 사람들에게 말해줄게."

"진짜 고로코룸 해줄라요?"

정훈이 다짐을 받는 듯 묻자 선욱은 있는 힘껏 고개를 끄덕거렸다.

"그럼."

그러자 정훈이 신이 난 표정으로 다른 아이들에게 말했다.

"아야. 여그 성한테 우리가 있는 곳을 알려주자야. 그래도 괜찮겄어야."

"있냐. 우리는 여그 있을랑께 니가 가서 알려주고 와야. 민기가 올지도 모르잖애."

은상의 말에 다른 아이들이 고개를 끄덕거리자, 정훈이 선욱의 손을 잡아끌고서 기슭을 향했다. 선욱은 잠자코 정훈을 따라가다가 문득 뒤를 돌아봤다. 그런데 방금 전까지 있던 아이들이 보이지 않았다. 더 서글퍼진 선욱이 끅끅거리며 울자 정훈이 물었다.

"슬퍼서 그라요?"

"응."

"울지 마시쇼. 인자 우리가 이라고 곁에 있어줄랑께요. 일로 잘 따라오시쇼."

정훈은 기슭에 닿자 곧바로 산길로 향했다. 그러고는 위령비가 있는 곳으로 걸어갔다. 선욱은 이상하게 생각하면서도 말없이 따라갔다. 정훈이 앞장서 가며 부르는 노랫소리가 꿈결처럼 들려왔다.

엄마가 섬 그늘에 굴 따러 가면

아기가 혼자 남아 집을 보다가

바다가 불러주는 자장노래에

팔 베고 스르르르 잠이 듭니다

외삼촌에게 들었던 얘기를 떠올린 선욱은 필사적으로 눈물을 참았다. 하지만 자꾸만 눈물이 차올라 앞이 흐릿하게 보였다. 선욱은 눈을 비비면서 정훈 뒤를 따라갔다. 정훈이 걸음을 멈춘 곳은 위령비가 있는 공원이었다. 정훈은 선욱에게 위령비 뒤쪽의 언덕배기를 가리켰다.

"그랑께 거시기 쩌그가 우리가 잠든 곳이어라."

"저, 저기라고?"

가볍게 고개를 끄덕거린 정훈의 모습이 희미해지기 시작
했다.

"성, 그랑께 민기한테 고맙다고 말 전해주시오."

"그럴게."

"민기가 우덜을 계속 기억해주고 있어가꼬 저수지에 남아
있을 수 있었응께요."

"늘 미안했대."

"그랄 필요까지는 없었는디."

"아……."

그 말을 끝으로 정훈의 모습은 사라졌다. 선욱은 감정이
복받쳐 왈칵 눈물을 쏟아낸 뒤, 위령비 뒤쪽 언덕배기로 올라
갔다. 그리고 맨손으로 정신없이 흙을 팠다. 살갗이 벗겨져 피
가 났지만 아픔 같은 건 느껴지지 않았다. 그러다가 손끝에 뭔
가 딱딱한 것이 닿았다. 선욱은 조심스럽게 그곳을 더 팠다.
잠시 후, 두개골의 일부가 나왔다. 두려움보다 반가움이 앞선
선욱이 그 주위를 더 팠더니 두개골 다섯 개가 모습을 보이기

시작했다. 저수지의 아이들이 틀림없었다. 선욱은 벌떡 일어나 외쳤다.

"찾았다!"

그때 메리가 짖는 소리가 들려왔다. 그리고 허겁지겁 달려오는 외삼촌과 지희가 보였다. 선욱은 더 크게 외쳤다.

"외삼촌! 여기 아이들이 있어요! 외삼촌이 찾는 형들이요! 여기요, 여기!"

외삼촌은 선욱이 찾은 두개골 앞에서 무릎을 꿇었다.

"시상에. 여그 있었구만잉. 여그 있었어. 날마다 찾아오는 위령비 뒤에 이라고 있었는디 나가 몰랐어야. 성들 미안허요. 나가 참말로 미안허요."

엎드려 우는 외삼촌의 어깨가 크게 들썩거렸다. 서러운 울음소리가 산자락을 타고 멀리 퍼졌다. 선욱은 외삼촌을 물끄러미 지켜봤다. 한참을 울부짖던 외삼촌은 지희에게 소리쳤다.

"아가야. 가가꼬 이장님이랑 마을 어르신들을 좀 모셔 오니라. 언능!"

"네!"

지희가 메리를 데리고 뛰어간 뒤 퍼뜩 정신을 차린 외삼촌이 물었다.

"그란디 니는 성들을 으찌케 찾은 것이냐?"

선욱은 잠시 망설이다 옛 후남 저수지 쪽을 바라보면서 조심스럽게 말했다.

"저수지에서 만났어요."

"뭐? 성들을?"

외삼촌이 믿기지 않는 듯 묻자 선욱이 고개를 끄덕였다.

"네……. 기다렸던 거 같아요."

"나를야?"

선욱이 다시 고개를 끄덕이며 대답했다.

"네, 찾아와줄 누군가를요. 그래서 내가 알려달라고 했더니 여기 있다고 말해줬어요. 그리고 이 말을 전해달라고 했어요. 늘 기억해줘서 고마웠다고요."

정훈의 말을 모두 전달한 선욱은 다리가 풀려 주저앉았다. 외삼촌은 더욱 서러운 목소리로 말했다.

"선욱아, 나만 살아남았시야. 으짠다고 나만!"

"이제 만났잖아요."

선욱이 외삼촌을 위로했다.

"허이고. 성들이 그 세월 동안 원통해가꼬 떠나지를 못했는갑다. 허이고야. 미안허요, 성님들. 나가 정말로 미안허요.

서어엉."

외삼촌은 형들을 애타게 부르며 눈물을 흘렸다.

한 시간쯤 흐른 뒤, 지희에게 소식을 들은 마을 사람들이 몰려왔다. 땅속 유골들을 살핀 회장 할아버지가 선욱의 어깨를 두드려주며 말했다.

"학생이 장한 일을 했구마잉. 아주 장한 일을 했어. 나는 그란 것도 모르고. 위령비를 흠집 낸 놈이 혹시 학생 아닌가 의심까지 했당께."

얼굴이 빨개진 선욱이 말할까 말까 우물쭈물하는데 지희가 다가와서 손을 살폈다.

"괜찮아?"

"응."

"시청에 전화했더니 발굴팀을 보내준다고 했어. 이제 다 끝났어."

"다행이네."

선욱이 한숨을 쉬며 끄덕이자 회장 할아버지가 말했다.

"마을 사람들이 지난 십 년 동안 근처를 이 잡듯이 뒤졌는디 저긴 생각도 못했구마잉. 등잔 밑이 어둡다더니 으찌케 위령비 바로 뒤 언덕배기에 묻혀 있었네잉."

지희가 회장 할아버지에게 물었다.

"저기가 1980년도에 공수부대가 주둔했던 곳이죠?"

"잉. 맞어. 여그서부터 저그 은행나무 있는 데까정 천막을 쫙 쳐블고 무전기를 높이 올려놨응께."

"그래서 여기 묻었나봐요. 자기네들 주둔지였으니까요."

"천하에 숭악한 놈들 같으니라고. 인자 갓 열 살 넘은 아그들이 뭔 잘못을 저질렀다고! 총으로 쏴 죽인 것도 모질라서 이라고 몰래 파묻어브렀으까. 천벌을 받을 것이여."

공수부대를 향해 분에 찬 말들을 한참 쏟아낸 회장 할아버지가 선욱을 수상하게 보며 말했다.

"그란디, 학생은 아그들이 저그 묻혀 있는 것을 으찌케 알았다냐?"

선욱은 어떻게 설명해야 될지 난감했다. 잠깐 머뭇거리다 그냥 대충 둘러대야겠다 싶었다.

"꾸, 꿈에서 봤습니다."

"꿈?"

뜻밖의 대답에 회장 할아버지의 눈이 커졌다. 선욱이 얼른 고개를 끄덕거렸다.

"네, 꿈에서 봤어요."

회장 할아버지는 믿지 못하겠다는 듯 눈을 껌뻑거렸다. 선욱이 저수지 쪽을 바라보며 말했다.

"옛 후남 저수지에서 아이들이 노는 꿈을 꿨어요. 그중 한 명이 저를 여기로 데려왔거든요. 꿈에서 깨서 혹시나 하고 와서 팠더니……."

선욱의 얘기는 외삼촌의 절규에 끊어졌다. 그때까지도 언덕 위에서 울던 외삼촌은 두 손을 하늘로 뻗은 채 외쳤다.

"휘어이! 휘어이! 성들 이제 하늘나라로 편히 가시쇼. 나가 나중에 찾아갈텡께 그때 아주 물놀이 실컷 합시다! 평생 보고 싶었으요. 가슴에 남아가꼬 평생 기리웠어라. 고맙소야, 이라고 찾아와줘서 참말로 고맙소야. 성들 가시쇼, 이제 가시쇼. 휘어이! 휘어이!"

애타는 외침인 듯, 절절한 노래인 듯 외삼촌이 부르짖는 소리에 놀란 새들이 일제히 날아올랐다. 지희가 선욱에게 말했다.

"꼭 영혼들이 하늘로 날아올라가는 것 같아."

"그러게."

그 후로 열흘 동안 선욱은 학교에서 학폭위를 열었던 사건보다 열 배는 더 복잡한 사건의 한복판에 있었다. 경찰과 유해 발굴팀이 찾아오고, 뒤이어 각종 언론사에서 몰려왔다. 사십여 년 동안 찾지 못한 어린 희생자들의 유골이 갑자기 발견됐기 때문이다. DNA 조사 결과 언덕에서 발굴된 유골이 모두 당시 실종된 아이들과 일치한다고 밝혀지면서 마을은 기자들로 더욱 북적거렸다. 조용히 지내려던 선욱은 마을 사람들이 모두 최초 발굴자로 떠받드는 바람에 어쩔 수 없이 인터뷰에 응해야만 했다. 어떻게 유골을 찾았느냐는 질문에는, 관심을 가지고 자료를 찾다가 혹시나 하는 마음이 들어서 언덕 위를 파게 되었다고 얼버무렸다. 거기에 덧붙여 꿈 얘기를 하자 다들 반신반의했지만, 기사거리로는 적당하다고 생각했는지 그대로 보도되었다.

그 후 좀 차분해진 어느 날, 오랜만에 역사관을 다시 찾은 선욱에게 담임선생님이 전화를 해왔다.

"선욱이, 너 완전 영웅 됐더라. 덕분에 교장선생님이 안면을 싹 바꾸더구나. 너 출석정지 유지하자고 했던 교사들 다 깨졌어."

통쾌한 듯 웃으며 선생님이 얼른 돌아오라고 했지만 선욱은 그럴 수 없다고 말했다.

"어머니가 여행에서 돌아오셔야 해요."

"짜식, 어머니라고 부르다니! 다 컸네, 오선욱."

선욱도 놀랐다. 스스로도 대견하다는 생각이 들면서 왠지 한 뼘 성장했다는 느낌마저 들었다.

"선생님 덕분이에요. 고맙습니다."

"아쭈, 아부도 할 줄 알고. 여하튼 알겠다. 교장선생님 애간장 좀 타게 학교에서 전화 오면 버텨라."

"그럴게요."

곧이어 준섭한테도 카톡이 왔다.

> 어이! 영웅.

> 영웅은 무슨.

> 그럼 점쟁이라고 해줄까?

점을 치는 이모티콘이 곧바로 따라붙자 선욱은 피식 웃으면서 답장을 날렸다.

> 학교는 어때?

기자들 몰려오고 난리도 아니다.
너랑 친한 학생 찾길래 나도 인터뷰 몇 번 했어.
근데 진짜 웃긴 일이 있었어.

뭐?

한혁이가 너랑 친하다고 인터뷰하더라.

진짜?

자기가 엄청 잘해줬다고 이빨 까더라고.

걔 때문에 내가 여기 오긴 했지.

암튼 영웅의 자리는 잘 비워놓고 있을 테니까
어서 와라.

지랄하네. 나 안 가. 출석정지 먹었잖아.

그거? 어제부로 풀렸는데 담임한테 못 들었어?
아무튼 대머리가 교실마다 돌면서, 그냥 휴학한 거니까
기자들한테 이상한 소리 하지 말라고 신신당부했어.

정의구현 지리네.

ㅋㅋㅋㅋ

올라가면 연락할게.

오키.

카톡 창을 닫은 선욱은 창밖을 바라봤다. 후남 마을에서는 아이들의 유골이 발굴되면서 훼손된 위령비를 새로 만들기로 했고, 옛 후남 저수지에도 비석을 따로 세우기로 했다. 오늘은 그 새로운 비석을 세울 자리를 만드는 공사 때문에 사람들이 한창 오가는 중이었다. 선욱이 현장을 바라보며 생각에 잠겨 있는데 역사관 문을 열고 외삼촌이 들어왔다.

"선욱아, 서울 갈 채비 좀 하니라."

"왜요?"

갑작스러운 얘기에 놀란 선욱에게 외삼촌이 대답했다.

"느그 으메가 왔다야."

"벌써요? 아직 날짜가 많이 남았는데요."

"쫏. 사정이 그리고 되었다."

"앗, 네!"

선욱은 곧 엄마를 만난다는 생각에 들떠 허둥댔다. 책상

끝에 조용히 앉아 있던 지희가 일어나서 선욱을 바라봤다.

"이제 서울로 가는 거야?"

"방학 때 놀러 올게. 위령비 다시 세워지는 거 봐야지."

"그래, 그동안 정말 고생 많았어."

지희가 웃으며 말하자 선욱은 부끄러운 듯 대답했다.

"오히려 많이 배우고 가잖아. 고마워."

아쉬운 작별인사를 마치고 선욱은 외삼촌을 따라 집으로 돌아와 짐을 챙겼다. 밭에서 일하다 돌아온 외숙모가 머리에 쓴 수건을 벗고 눈물을 훔쳤다. 정 많은 외숙모의 눈물에 선욱은 연신 또 오겠다고 약속을 했다. 이번에도 농협 모자를 챙겨 쓰고 나온 외삼촌이 외숙모에게 말했다.

"선욱이 델고 서울 갔다 올 것잉께."

선욱은 메리와도 인사를 했다. 꼬리를 정신없이 흔드는 메리의 머리를 꽉 끌어안고 난 후, 가방을 한쪽 어깨에 멘 채 대문을 나섰다.

재회

선욱은 외삼촌과 함께 광주송정역에서 KTX 열차를 탔다. 예상보다 빨리 엄마를 다시 만난다는 사실에 선욱은 꽤 들떠 있었다. 선욱은 옆자리에 앉은 외삼촌에게 엄마의 어린 시절에 대해 이것저것 수다스럽게 물었다. 하지만 외삼촌은 그저 야무진 동생이었다고 짧게 말할 뿐이었다. 무안해진 선욱은 창밖을 바라보며 오늘 엄마를 보면 무슨 얘기부터 할지 생각했다. 그러고는 엄마에게 출발한다는 카톡을 보냈는데 답이 없었다. 열차가 광명역을 지나 용산역에 도착하자 선욱은 짐칸에 올려둔 가방을 내리면서 외삼촌에게 물었다.

"어머니는 집에 도착하셨을까요?"

"아즉 도착은 안 했을 것이다."

"그럼 공항으로 가야겠네요. 인천공항으로 가려면 여기서 경의중앙선 탔다가 공항철도로 갈아타면 돼요."

핸드폰으로 최단거리를 찾은 선욱이 전철역으로 앞장섰다. 잠시 후 공덕역에서 갈아타기 위해 선욱이 자리에서 일어나며 말했다.

"외삼촌, 여기서 내려야 해요."

그러나 외삼촌은 선욱에게 다시 앉으라는 손짓을 했다.

"다금 역에서 내릴 것잉께 쩨께 더 앉아 있그라. 잠깜 들를 데가 있다."

선욱은 어리둥절했지만 외삼촌의 분위기가 좀 이상하다는 걸 느끼고 아무 말 없이 앉았다. 창밖을 바라보는 외삼촌의 표정이 점점 어두워지자 선욱이 물었다.

"어디로 가는 거예요?"

"기냥 따라오기나 하그라."

서강대역에서 내린 외삼촌은 아무 말 없이 삼십여 분을 걷더니 커다란 건물 앞에 섰다. 맨 꼭대기에 붙은 '연세암병원'이라는 간판을 본 선욱은 그 자리에서 와들와들 떨었다.

"외삼촌!"

멈칫하던 외삼촌이 그대로 병원을 향해 걸어 들어갔다. 선욱은 허겁지겁 따라가 외삼촌을 가로막고 섰다.

"엄마는, 어머니는 여행을 갔다고 했어요. 해외여행이요."

"해외여행은 무신. 느그 으메 저승 문턱까정 갔다 왔어야."

"말도 안 돼요! 엄마가 무슨……."

선욱이 가방을 내동댕이치며 주저앉자 외삼촌이 돌아서서 말했다.

"기냥 어서 오랑께. 면회 시간 지나블면 만나지도 못항께."

외삼촌의 말에 선욱은 퍼뜩 가방을 집어 들고 일어났다. 병원 안에는 특유의 냄새가 느껴졌다. 얼굴을 찌푸리며 선욱은 외삼촌을 따라 엘리베이터를 탔다. 땡 소리와 함께 문이 열리자 외삼촌은 익숙한 발걸음으로 데스크로 가서 간호사와 얘기를 나눴다. 그러고는 멍하게 서 있는 선욱에게 손짓을 했다.

"가자, 아가."

줄무늬 환자복을 입은 환자들 사이를 정신없이 지나 마침내 선욱은 복도 끝 병실에 들어섰다. 6인실이었지만 침대의 절반은 비어 있었다. 외삼촌은 커튼이 처져 있는 침대로 향했다. 커튼을 젖히자 초췌한 얼굴로 누워 있는 엄마가 보였다.

"엄마!"

선욱이 와락 다가가자 엄마가 힘없이 말했다.

"어! 우리 아들 왔어?"

"해외여행 간다며? 이게 해외여행이야? 대체 무슨 병인데?"

"위암. 수술해야 한다고 해서."

엄마는 의외로 담담하게 말했다. 알고 보니 선욱이 학교에서 출석정지를 당한 시점에 엄마는 암 선고를 받았던 것이었다. 선욱이 머리를 파묻은 채 훌쩍이자 엄마가 말했다.

"우리 아들 울지 마. 엄마가 말 안 해서 미안해."

"얘기해줬어야지. 그랬어야지."

"그러고 싶었는데 우리 아들 놀랄까봐."

"그래도 그렇지."

"수술 잘 끝났으니까 걱정 마. 조금 더 있다가 퇴원하고 통원 치료받으면 된다고 하더라."

"정말?"

선욱이 고개를 들자 엄마가 웃음을 띠며 말했다.

"의사 선생님이 그러셨어. 그러니까 엄마 걱정 말고 집에 가 있어."

"옆에 있을래."

"괜찮대도. 외삼촌이 그러던데 출석정지도 풀렸다며?"

"응, 그런 것 같아."

"다행이다. 엄마가 그날 얼마나 후회되던지. 엄마가 힘이 없어서 우리 아들이 왜 이렇게 됐는지 따져보지도 못하고 출석정지 되는 거 막지도 못했네."

"엄마는 그런 거 신경 쓰지 마. 이제 내가 알아서 할게."

"그래, 나는 우리 아들 믿는다."

한참 얘기를 나누는데 간호사가 들어와서 면회 시간이 끝났다고 했다. 선욱은 아쉬움 가득한 눈으로 엄마를 바라보다가 병실을 나왔다. 엘리베이터를 타고 밖으로 나왔을 때 외삼촌이 꼬깃꼬깃 접은 돈을 건넸다. 선욱이 안 받으려고 하자 외삼촌이 자꾸 쥐어주며 말했다.

"니 웨숙모가 준 것잉게 챙겨. 나는 시방 바로 내려갈란다. 니는 이대로 집으로 가그라."

"조심해서 내려가세요. 외삼촌⋯⋯. 그동안 감사했습니다."

"으메 잘 챙기고. 그 독한 것이 열 시간 넘게 수술 받고 눈 뜨자마자 너부터 찾았다 그라드라. 간다잉."

손 흔들고 가는 외삼촌을 바라보던 선욱이 갑자기 뭔가 생각난 듯 발걸음을 빨리해서 다가갔다.

"외삼촌! 저 드릴 말씀이 있어서요."

선욱은 잠시 머뭇거리다가 조심스럽게 입을 열었다.

"어머니 퇴원하시면 고향에 모시고 내려가도 돼요?"

"후남 마을로 온다고?"

"네! 아무래도 공기가 좋은 곳에 계셔야 할 거 같아서요. 고향이니까 마음도 편하실 거고요."

선욱의 말에 외삼촌이 한참 생각하더니 말했다.

"그라믄 좋기는 하제. 니 으메도 수술하기 전부터 부쩍 고향에 돌아오고 싶다고 했응께. 그란디 니는 어쩔라고?"

"거기도 학교 있잖아요."

"암만 그래도 서울서 댕기는 것이 좋을 것인디?"

외삼촌의 반문에 선욱은 주변을 돌아봤다. 삭막하고 낯선 사람들과 정신없이 지나가는 도로 위의 차들을 바라보다가 고개를 저었다.

"아뇨. 서울에서 더 이상 살고 싶지 않아요."

선욱의 표정을 살핀 외삼촌이 가만히 고개를 끄덕였다.

"오냐. 알았다. 그라믄 퇴원하고 나서 진지허게 야그해보자. 마침 마을에 빈집이 있응께 으찌케든 될 것이다."

신호가 바뀌자 외삼촌은 선욱에게 잘 있으라는 손짓을 하고 건너갔다. 홀로 남은 선욱은 엄마가 입원한 병원을 물끄러미 올려다봤다.

오랜만에 온 집은 몹시 낯설었다. 창문을 열고 환기를 시킨 선욱은 청소기를 돌리고 걸레로 바닥을 깨끗하게 닦았다. 방으로 돌아온 선욱은 위암 환자에게 좋은 음식을 검색해서 적어두었다. 그러다 문득 잊고 있었던 한 가지가 떠올랐다.

"탐정!"

벗어놓은 교복 바지 주머니 속에는 선생님이 건네준 명함이 아직 그대로 있었다.

"민준혁. 대한민국 최고의 명탐정이라고?"

선욱은 명함에 적힌 이름을 검색했다. 그러자 몇 개의 인터뷰와 사건 기사가 나왔다.

"진짜 탐정이긴 하네."

선욱은 용기를 냈다. 몇 번의 신호음 뒤, 카랑카랑한 목소리가 들려왔다.

"여보세요?"

"안녕하세요. 저는 오선욱이라고 하는데요. 제 담임선생님이 탐정님 명함을 주셔서요."

"아! 잠깐만, 임도헌 선생님 맞지?"

"네. 비용은 이미 냈으니까 의뢰만 하면 된다고……."

"그렇긴 한데, 30일 내에 사건을 의뢰해야 돼. 가만있어 보자, 오늘이……."

잠깐 침묵이 흐른 후 목소리가 다시 들려왔다.

"27일째네."

"그럼 의뢰할 수 있는 거죠? 제가 의뢰할 건요……."

"잠깐만! 나는 직접 만나서 의뢰를 받는 게 원칙이야. 그러니까 내일 만나서 얘기하자."

픽 깐깐한 사람이라는 생각이 들었지만 선욱도 일단 만나보는 게 좋을 것 같았다. 핸드폰을 고쳐 잡은 선욱이 물었다.

"어디서 볼까요?"

"개봉동으로 와. 개봉역이랑 이어진 쇼핑몰에 햄버거 가게가 있으니까 거기서 보자. 세 시에."

"네."

"참, 용기도 가져와."

탐정의 말에 선욱은 어리둥절했다.

"네? 그게 무슨 말이에요?"

"우리가 진실을 찾아주는 건 어렵지 않아. 그러니까 먼저 네가 진실을 밝힐 진짜 준비가 되어 있는지 답해줘야겠어. 요즘 세상에서는 진실 자체는 별로 중요하지 않거든."

후남 마을에서 벌어진 사건은 오랫동안 행방을 찾을 수 없었던 아이들의 유골이 발견되면서 '진실'이 되었다. DNA 분석까지 마쳤기 때문에 인터넷에서 떠도는 어설프고 악의적인 음모론이 아니라면 어느 누구도 그 진실에 대해 태클을 걸 수 없을 터였다. 선욱은 이런 진실이야말로 모든 것을 명명백백하게 해주는 것이라고 생각했다. 그런데 진실이 중요하지 않다니! 선욱은 탐정의 말이 이해되지 않았다.

"진실이 중요하지 않으면 뭐가 중요한데요?"

선욱이 다소 신경질적으로 묻자 전화기 너머의 탐정이 답했다.

"모르겠어? 아까 말했잖아. 진실을 찾고 지켜나갈 수 있는 용기라고! 지금 당장 대답 안 해도 돼. 잘 생각해보고 내일 만나자."

끊긴 폰을 허망하게 바라보며 선욱이 중얼거렸다.

"진실보다 중요한 게 용기라고?"

용기

    다음 날, 선욱은 탐정이 말한 약속 장소에 도착했다. 작은 시장 같은 쇼핑몰 한쪽 구석에 햄버거를 파는 가게가 정말 있었다. 가게는 의외로 넓었는데 오후 시간이라 한산한 건지 손님이라고는 한 테이블에 나란히 앉은 딱 두 명뿐이었다.

    '혹시 저 사람들이 탐정?'

    선욱은 잠시 서서 둘을 관찰했다. 약간 졸린 눈으로 스마트폰을 들여다보는 왼쪽 남자는 좀 뚱뚱한 편이라 영화나 드라마처럼 날렵하게 범인을 쫓을 수는 없을 것 같았다. 오른쪽 남자는 한눈에 봐도 재빠를 것 같은데, 좀 말랐고 왼쪽 남자보다 어려 보였다. 왠지 긴가민가해서 어정쩡하게 서 있는데, 오른쪽 남자가 선욱을 흘깃 한 번 보고는 왼쪽 남자의 옆구리를 팔꿈치로 찔렀다.

"손님 왔어요, 손님."

왼쪽 남자는 손님이 왔다는 얘기에도 스마트폰만 보면서
눈살을 찌푸렸다.

"격 떨어지게 손님이 뭐야. 의뢰인이라고 해야지."

"손님이든 의뢰인이든 지금 와 있다고요. 저 이제 주문하
러 가도 되죠?"

"그래. 난 더블치즈!"

왼쪽 남자가 허락하기 무섭게 의자에서 일어난 오른쪽 남
자가 선욱에게 다가와 말했다.

"의뢰인 맞죠? 저기 앉으세요."

"아, 네."

선욱이 맞은편 빈자리에 앉자 드디어 폰에서 눈을 뗀 남자
가 말했다.

"내 이름은 민준혁, 대한민국 최고의 명탐정이지. 저기 햄
버거 주문하러 간 애는 내 조수 안상태. 상태가 좀 안 좋아도
이해해라."

썰렁한 아재개그를 던진 탐정이 히죽거렸고, 선욱은 어떻
게 반응해야 할지 몰라서 어설프게 웃었다. 잠시 후, 주문을

마치고 돌아온 조수가 민준혁이 웃는 걸 보고 짜증을 냈다.

"내 이름 가지고 농담했죠?"

"거봐, 상태가 안 좋잖아."

탐정이 크게 웃어버리자 조수는 뿔난 얼굴이 됐다.

"진짜, 자꾸 내 이름 가지고 장난치지 말라고 했잖아요."

"미안."

둘이 아옹다옹하는 모양새가 도저히 사건을 해결하는 탐정과 조수처럼 보이지 않았다. 선욱은 자리를 박차고 일어나야 하나 잠시 고민했지만, 어차피 비용은 담임선생님이 모두 냈기 때문에 일단 들어나보자 했다. 선욱이 앞에 있다는 걸 잊은 듯 두 사람은 자기들끼리 한참 옥신각신했다. 두 사람의 다툼은 선욱이 헛기침을 몇 번 하고 나서야 멈춰졌다.

"흠, 임도헌 선생님에게 의뢰를 받고 돈도 받긴 했어. 그런데 사건을 해결하려면 어제 얘기한 것처럼 당사자가 그걸 감당할 준비가 되어 있는지가 중요해. 용기가 필요한 거지. 그것도 아주 큰 용기!"

"그게 왜 필요한 거죠? 진실 자체가 힘인데요."

질문에 대한 탐정의 대답을 듣기 위해 선욱이 귀를 기울이는데 진동벨이 울렸다. 조수가 일어나 햄버거를 가져왔고, 탐정의 것들을 챙겨준 뒤 자기 몫의 햄버거를 우걱우걱 먹기 시작했다. 탐정은 조수를 한번 보고는 선욱에게 차근차근 설명했다.

"사건 자체를 해결하는 건 사실 그다지 어렵지 않아. 문제는 그다음인데, 진실을 마주한 사람들이 어떤 반응을 보이느냐 하는 건 예측이 안 되는 측면이 많거든. 예를 들어 자식에게 문제가 있다고 의뢰한 부모에게 실제로 어떤 문제가 있는지 증거를 들이밀면 자기 자식이 그럴 리 없다고 갑자기 돌변하는 식이지. 사람들은 진실에 기대거나 의지하지 않아."

"그럼요?"

선욱의 반문에 탐정이 희미하게 웃었다.

"자기가 믿고 싶거나 믿어야 하는 걸 진실이라고 생각하곤 해. 특히 네 사건처럼 학교에서 벌어진 일은 선생들과 학부모들이 복잡하게 엉켜 있기 때문에 명백한 증거를 들이밀어도 진실공방이 벌어지고 진흙탕 싸움으로 돌변하는 경우가 많아. 그러니까 정식으로 의뢰하기 전에 먼저 잘 생각해봐."

"무슨 생각을요?"

"끝까지 이 일을 파고들 수 있는지, 옆에서 아우성에 난리를 쳐도 꿋꿋하게 헤쳐갈 수 있는지를 말이야."

탐정은 자기 앞에 놓인 햄버거를 옆으로 밀고 테이블에 팔꿈치를 대며 선욱을 뚫어지게 바라봤다. 잠시 고민하던 선욱이 대답했다.

"할 수 있어요. 진실을 찾고 진실을 지키는 용기도 낼 수 있어요."

"진짜?"

"어머니가 위암 수술을 받고 입원 중이에요. 전 어머니가 아플 거라고는 꿈에도 몰랐어요. 어머니가 아픈 데는 분명 제가 학교에서 벌인 소동도 한몫했을 거예요. 저는 말썽꾸러기에 공부도 못하지만, 선생님을 비난하는 낙서를 하고 친구를 다치게 할 정도로 못되지는 않았어요. 전 누명을 썼어요. 퇴원하는 어머니에게 진실을 알리고 싶어요."

오랫동안 감춰졌던 진실이 밝혀지면서 후남 마을 사람들은 가슴에 쌓아둔 한을 풀어내는 기쁨을 누렸다. 진실이 가진 어마어마한 힘을 깨달은 선욱은 모든 것을 이겨낼 각오를 다졌다. 선욱의 얘기를 들은 탐정이 햄버거를 게걸스럽게 먹어대는 조수를 바라봤다.

"거봐, 내가 얘기한 대로 됐지?"

"축하드려요."

"무슨 축하를 그렇게 성의 없이 해?"

"먹을 때는 개도 안 건드린다고 하잖아요."

탐정과 조수는 잠시 싸움 아닌 싸움을 만담 콤비처럼 주고 받다가 곧 멈추고 선욱을 바라봤다.

"사건에 대한 얘기는 임도헌 선생님에게 다 들었어. 선생님은 네가 친구를 다치게 한 이유가 미심쩍다고 하더군. 네가 그럴 리가 없다고 말이야. 사실 확인 차원에서 묻자. 진짜 네가 한 게 아니야?"

탐정의 물음에 선욱은 고개를 끄덕였다.

"민병이를 데려간 건 한혁이가 불렀기 때문이에요. 한혁이가 낙서를 했고, 민병이에게 낙서를 하라고 시켰어요. 민병이가 그걸 거부하고 돌아가려고 하자 개가 화가 나서 민병이에게 달려들었어요. 제가 그걸 막으려다 한혁이와 부딪쳐서 넘어지는 바람에 민병이가 머리를 다친 거고요."

"민병이는 그때 일을 기억하지 못하고 말이야?"

"네. 아쉽지만 어쩔 수 없었어요."

선욱의 얘기를 들은 탐정이 등을 의자에 붙이며 말했다.

"거짓말 같지는 않군."

선욱은 테이블 가까이 의자를 당겨 앉으며 물었다.

"어떻게 그걸 아세요?"

탐정은 대답 대신 옆에서 햄버거를 먹어대는 조수를 바라봤다. 손가락에 묻은 케첩을 쪽쪽 빨던 조수가 입을 열었다.

"병원 진료 기록을 확인해봤어요. 충격으로 인한 일시적 기억상실증으로 나와 있더라고요."

"그걸 어떻게?"

선욱이 어리둥절하게 바라보자 탐정이 곁눈질로 조수를 보며 말했다.

"쟤가 저렇게 보여도 알아주는 해커라서 말이야. 살짝 들여다보고 나왔지."

"아!"

선욱은 두 사람이 왠지 허술해 보여도 나름 능력 있는 탐정과 조수라는 생각이 들었다.

"현장 주변에 CCTV나 블랙박스가 있으면 좋았겠지만, 그런 게 있었으면 학폭위에서 그따위 결정을 내리지 않았겠지?"

"네. 있긴 한데 딱 그 부분이 사각지대였어요. 큰길과 거리가 있어서 차들도 없었고요."

"있다고 해도 한 달 조금 지난 상황이라 보관되어 있지도 않을 거야. 남은 방법은 한 가지뿐이지."

"뭔데요?"

"현장에 있던 다른 목격자의 빼도 박도 못하는 증언 혹은 증거지."

"예를 들면요?"

선욱이 묻자 탐정이 손가락으로 테이블을 톡톡 두드리면서 대답했다.

"제시하는 순간, 어떤 변명도 통하지 않는 거 말이야. 당사자가 자백한 녹취라든지, 그걸 찍은 영상 같은 거."

"한혁이는 교활해서 그런 거에 넘어가지 않을 거예요."

"현장에 다른 애들은 없었어?"

준혁의 물음에 선욱은 잠깐 생각하다가 고개를 저었다.

"한혁이 패거리가 몇 명 있었어요. 하지만 공범들인데 입을 열까요?"

"굉장히 견고해 보이는 조직이나 단체도 말이야, 미처 생각지 못한 아주 작은 균열로 무너져. 특히 상대방이 모든 걸 알고 있고, 조금이라도 빨리 털어놔야 자신의 살길이 열린다는 생각이 들면 말이야. 악당들에게 배신은 일상이니까."

선욱은 준혁의 얘기에 한혁의 패거리를 한 명씩 떠올렸다가 지웠다. 그러다가 잊고 있었던 기억이 떠올랐다.

"동섭이, 이동섭이요!"

"패거리 중 한 명이니?"

선욱은 곧바로 고개를 끄덕끄덕했다.

"제일 마지막에 끼는 바람에 막내 노릇을 하고 있어서 종종 짜증 내는 걸 봤어요. 그리고 결정적으로, 동섭이가 그때 자기 폰으로 영상을 찍었어요."

"언제?"

"한혁이가 선생님을 비난하는 낙서를 할 때요. 근데 한혁이가 저 밀어뜨린 것까지 찍었는지는 모르겠어요."

"그건 상관없어. 학폭위에서 한혁이랑 그 패거리들은 그 자리에 없었던 걸로 결론이 났었지?"

"네. 아예 온 적도 없는 걸로 되어 있어서 얘기도 나오지 않았어요. 혹시 모를 일을 대비해서 자기들끼리 알리바이도 만들어놨을걸요."

그때의 기억이 떠오른 선욱이 쓴웃음을 지었다. 탐정은 잠시 생각하다가 조수를 바라봤다. 햄버거를 다 먹어치우고 감자튀김을 케첩에 찍어 먹던 조수가 딴청을 피웠다.

"야, 모른 척하지 말고. 걔 핸드폰을 들여다볼 수 있는 방법 좀 말해봐."

"영상은 아마 지웠을 거예요. 하지만 클라우드에는 저장돼 있을 거예요. 다들 거기까지 지울 생각은 안 하니까요."

"그걸 뒤지면 되겠구나."

"하지만 불법이나 정당하지 못한 방법으로 취득한 증거는 증거로 인정되지 않아요."

"누가 그걸 증거로 쓰겠대?"

탐정의 말에 조수와 선욱 모두 귀를 쫑긋했다. 둘의 시선 을 한몸에 받은 탐정이 씩 웃으며 모이라는 손짓을 했다.

며칠 후, 선욱은 학교로 금의환향했다. 교문 위에는 '진실 을 밝힌 학생 영웅 오선욱'이라는 큼지막한 현수막이 걸렸고, 교장을 비롯한 선생님들이 모두 나와 있었다. 어떻게 알았는 지 기자들도 미리 와 있었다. 선욱이 교문에 들어서자 교장선 생님이 커다란 꽃다발을 안겨주었다. 그러자 기자들이 사진을 찍기 시작했고, 이것저것 바삐 질문을 해댔다. 선욱은 후남 마 을에서 했던 대로 질문에 답한 뒤 꽃다발을 들고 교실로 향하 다가, 본관 건물 유리창에 머리를 내밀고 구경하는 아이들을 봤다. 그중에 준섭을 발견한 선욱이 손을 크게 흔들었다. 교실 로 올라간 선욱은 아이들의 박수를 받으며 자리에 앉았다. 꽃다발을 책상에 놓는 선욱에게 준섭이 쓱 다가와 속삭였다.

"축하한다. 완전 영웅이네, 영웅."

"영웅은 무슨."

"아쭈, 겸손까지 장착했네. 학교 완전 뒤집어졌었어."

"암튼 난 이제야 일상으로 돌아온 거야."

"졸라 부럽네. 이제 한혁이 패거리도 너 못 건드릴 거고."

"걔들 요즘 어때?"

"다시 쥐 죽은 듯 조용. 한혁이가 그런 눈치는 또 엄청 빠르잖아."

"패거리는?"

"그대로지. 대빵이 조용한데 밑에 애들이 날뛰겠어?"

"조만간 날 찾아오겠지?"

준섭이 대답 대신 선욱의 어깨를 툭 쳤다.

"호랑이도 제 말 하면 온다더니 딱 맞춰서 왔네."

준섭이 앞문으로 들어서는 동섭을 가리켰다. 주변을 살핀 동섭이 어색한 표정으로 선욱에게 다가와 말을 건넸다.

"한혁이가 끝나고 보재."

"끝나고 방송국에 인터뷰 가야 해. 볼 거면 점심시간에 보자고 해."

선욱이 딱 잘라 말하자 동섭이 머뭇거렸다. 선욱은 처음부터 너무 강했나 싶어 말투를 누그러뜨리며 말했다.

"정 그러면 지난번 봤던 후문에서 보자고 해."

"뭐라고? 거, 거기서 보자고?"

동섭이 쭈뼛거리자 선욱이 자신은 아쉬울 것 없다는 표정으로 말했다.

"싫으면 말고."

"아, 알겠어."

동섭이 나간 뒤 준섭은 놀란 눈빛을 하며 말했다.

"오! 세게 나가시네?"

"세게 나가긴. 진짜 인터뷰 잡혔다니까."

물론 그건 탐정이 시킨 거짓말이었다. 이렇게 한혁 패거리를 흔들어 누구 한 명이 배신을 하게 만들어야만 했다. 선욱은 몰래 숨겨온 폰으로 탐정에게 일이 잘될 것 같다는 카톡을 보냈다.

오전 수업이 끝나고 드디어 기다리던 점심시간이 되었다. 애들이 소리를 지르면서 식당으로 뛰어가는 사이, 선욱은 교복 바지에 두 손을 찔러 넣은 채 후문 쪽으로 걸어갔다. 후문에서 패거리와 함께 서 있던 한혁은 선욱이 다가가자 뭔가 아니꼽다는 표정을 지으며 말했다.

"야, 오선욱! 찌그러져 있을 줄 알았는데 영웅 돼서 왔네. 뭐 어떻든 다 내 덕분이지만."

"밥 먹으러 가야 하니까 용건만 말해."

선욱이 단호하게 말하자, 한혁은 잠시 당황했다. 그러나 곧 거드름을 피우며 말했다.

"야! 이게 방송 좀 타더니 어깨가 올라갔네?"

"그럼! 너도 카메라 앞에 서면 용기가 생길 거야."

"아이고, 많이 컸네. 많이 컸어!"

"안 그래도 기자들이 내가 출석정지인 건지, 그냥 휴학했던 건지 몹시 궁금해하더라고."

선욱의 얘기를 들은 한혁은 애써 침착한 표정을 지었지만 그 패거리들은 불안한 표정이 역력했다. 선욱이 다가가자 패거리들이 알아서 옆으로 물러났다. 한혁 앞에 선 선욱은 어젯밤 내내 연습했던 말을 지금 하기로 했다. 무섭고 두려웠지만 진실을 밝히는 유일한 방법이라는 생각으로 용기를 냈다.

"그래서 고민 중이야. 어디까지 얘기해야 할지 말이야."

"지금 나 협박하는 거야?"

"아니, 통보하는 거야. 그러니까 알아서 조용히 지내. 내가

기분 나빠지거나 수틀리면 카메라 앞에서 너에 대해 다 까발

릴 거니까."

"야! 누가 네 말을 믿을 거 같아? 내 꼬붕 되고 싶어서 시

킨 거 다 했던 주제에."

비아냥대는 한혁에게 선욱은 얼굴을 바짝 들이대고는 말

했다.

"옛날에는 그랬지만 지금은 감춰진 유골을 찾아낸 영웅이

잖아. 이제 누구 말을 더 믿을까?"

"아이, 씨발!"

한혁이 주먹을 불끈 쥐었지만 선욱은 꿈쩍도 하지 않았다.

얻어맞으면 일이 더 쉽게 풀릴 거라는 탐정의 얘기를 들었기

때문이다. 뜯어말린 건 한혁의 패거리들이었다.

"야! 참아!"

"이렇게 기어오르는 걸 그냥 놔두라고?"

한혁이 분을 참지 못하고 선욱에게 달려들려고 하자, 동섭

이 한혁의 손목을 잡으며 말했다.

"그러지 말고!"

"아이, 진짜!"

예상했던 대로 한혁은 패거리들에게 분풀이를 했다. 지켜

보던 선욱은 그만 밥 먹으러 간다는 얘기를 남기고 자리를 떴다. 한혁은 욕설을 쏟아내면서 여기저기에 발길질을 해댔고 패거리들은 한혁을 진정시키느라 애먹고 있었다. 선욱은 식당으로 가다가 슬쩍 나무 뒤에 숨어서 탐정에게 카톡을 남겼다.

잘 찍으셨어요?

상태가 찍었어. 이제 다음 단계로 넘어가.

넵.

식당에 도착한 선욱은 식판에 밥과 반찬을 타서 빈자리에 앉았다. 잠시 후, 한혁을 제외한 패거리들이 들어서는 게 보였다. 그들을 바라보던 선욱은 제일 나중에 들어온 동섭에게 손짓을 했다. 주저하던 동섭이 다른 패거리들에게 눈짓을 하고는 옆자리에 와 앉았다. 선욱이 숟가락을 들며 물었다.

"한혁이는?"

"밖에 나갔어."

"친구들 좀 챙겨주지, 혼자 간 거야?"

선욱의 말에 동섭이 코웃음을 쳤다.

"친구는 무슨. 걔가 우릴 친구로 생각하겠어?"

"그치. 걔는 우리를 다 자기 아래로 보고 있잖아."

"씨발, 참으라고 하니까 욕이나 하고 말이야."

동섭이 짜증 난다는 표정으로 대답하자 선욱이 숟가락을 놓고 말했다.

"너, 영상 아직도 가지고 있어?"

"어떤 영상? 아!"

동섭은 선욱이 무엇을 말하는지 금방 알아차렸다. 선욱이 동섭에게 귓속말을 했다.

"나, 지난번 사건 재조사해달라고 할 거거든."

"진짜?"

동섭이 난감한 표정으로 바라보자 선욱이 어깨를 으쓱거렸다.

"사실 사고는 한혁이만 쳤잖아. 낙서를 한 것도 걔고, 나를 떠밀어서 민병이를 다치게 한 것도 걔잖아."

"그렇긴 하지. 우린 다 말렸거든."

"그리고 민병이를 며칠 전에 만났는데 이제 기억이 난다고 하더라."

"뭐라고?"

놀란 동섭에게 선욱이 말했다.

"처음에는 정말로 기억이 안 났는데, 나중에 다 기억이 났대. 하지만 아직 누구한테도 말하지 않았고. 민병이는 내가 부탁하면 사실대로 얘기해준다고 했어."

"씨, 망했다."

동섭이 절망스러운 표정을 짓자 선욱은 재빨리 준비했던 얘기를 꺼냈다.

"너, 한혁이 잘 알잖아. 개는 문제가 생기면 늘 주변에 떠넘겨버렸어."

"자기밖에 모르는 놈이긴 해."

"이번에도 그러지 말라는 보장이 없잖아. 개야 부모님 백을 써서 어떻게든 빠져나가겠지만 니네들은……."

선욱은 식판에 밥을 타서 옆에 다가오는 다른 패거리들을 바라보면서 덧붙였다.

"힘들 거야."

"그래서 어쩌라고?"

동섭의 물음에 선욱이 시선을 돌리며 말했다.

"그 영상 나한테 넘겨줘. 그럼 한혁이가 주동자인 게 명백해지잖아."

"뭐라고?"

"어차피 재조사하면, 난 네가 영상 찍은 게 있다고 얘기할 거야."

"지워버렸다면?"

"그래도 바뀌는 건 없어. 스마트폰 영상 지운 것쯤은 쉽게 복원할 수 있으니까. 근데 만약 영상을 지운 게 밝혀지면, 넌 원본을 없앤 게 돼. 그게 증거 인멸이지, 아마?"

동섭의 얼굴이 파랗게 질려버렸다. 선욱은 식판을 들고 자리에서 일어나면서 동섭에게 재차 말했다.

"생각 잘 해보고 얘기해줘. 대신 너무 늦으면 나도 못 도와준다."

"어, 언제까지."

동섭이 다급하게 물었다.

"내일까지."

식판에 남은 음식을 버리고 식당 밖으로 나온 선욱은 탐정에게 카톡을 보냈다.

시키는 대로 했어요.

반응은?

받을 수 있을 것 같아요.

이제 시작이니까 마음 단단히 먹어.
온갖 일들이 벌어질 거야.

각오했어요.

핸드폰을 주머니에 넣은 선욱은 진실을 밝힐 용기를 준 후
남 마을과 저수지의 아이들을 떠올리며 하늘을 올려다봤다.
오랜만에 푸른 하늘이 보였다.

"전라도 출신들은 배신도 잘하고 음흉하니까 조심해."

소설 속 지희 아버지가 말하는 이 내용은 실제로 제가 입대하기 전에 들었던 말이기도 합니다.

그래서 입대 후 훈련소를 거쳐 강원도 끝자락에 있는 자대에 배치받았을 때 '진짜 전라도 사람을 만나면 어쩌지' 하고 긴장했던 기억이 납니다. 하지만 2년 2개월의 군 생활 동안 전라도 출신의 선임들, 후임들과는 아주 잘 지냈거나 큰 문제가 없었습니다.

제대하고 사회생활을 시작하면서 다양한 지역 출신들과 만났습니다. 그리고 그런 경험들 끝에 제가 내린 결론은 출신 지역으로 성향의 차이를 구분할 수 있을지는 몰라도 선함과 악함을 나누는 기준으로는 아무런 쓸모가 없다는 것이었습니다. 그렇다면 전라도는 언제부터 차별과 따돌림의 대상이 되었을까요?

조선시대나 그 이전 삼국시대로 거슬러 올라가야 한다는 얘기가 있지만 사실이 아닙니다. 영화나 드라마에서 전라도가 백제의 중심으로 묘사되는 것은 완벽하게 틀린 얘깁니다. 백제 역사상 가장 오랜 기간 도읍이었던 곳은 지금의 서울이었고, 이후 공주와 부여로 천도했지만 모두 충청도 지역입니다. 오히려 전라도는 가장 늦게 백제의 영역권으로 흡수되었죠. 조선시대에는 한양을 제외한 모든 지역이 차별받았습니다. 경상도에 '이인좌의 난' 이후 영남을 평정했다는 비석이 세워졌고, 함경도와 평안도는 '이시애의 난'과 '홍경래의 난'이 일어난 것에서 알 수 있듯 과거 합격자 수부터 눈에 띄는 멸시를 받았죠.

1963년 제5대 대통령 선거가 있던 날, 박정희 전 대통령이 전라도 지역의 지지를 바탕으로 15만 표라는 아주 근소한 차이로 당선됐다는 것을 알고 있나요? 이때 지역감정이란 건 애초에 존재하지 않았습니다. 하지만 1970년대 유신정권이 자리 잡으면서 본격적인 지역감정이 싹트게 되었죠. 정권을 장악하기 위한 정치인들의 술수와 그들의 마이크 노릇을 한 언론인들, 지식인들 때문이었습니다. 그 후 인터넷이 활발해지면서 지역 혐오적인 단어들이 오가고, 근거 없는 선동과 조작으로 인해 잘못된 사실이 진실인 양 광범위하게 퍼져버렸습니다. 제가 《저수지의 아이들》을 쓰기로 결심한 것도 모두 이 때문입니다. 사라져야 할 망령이 우리 곁을 아직 떠돌고 있으니까요.

소설을 읽은 독자들은 어쩌면 '단편적인 현실을 너무 극단적으로 과장하는 것 아냐?'라고 생각할지도 모르겠습니다. 물론 아주 작은 것을 크게 다룬 측면이 없지 않습니다. 하지만 이 소설에 나오는 선욱과 한혁, 그 패거리 같은 아이들은 장담하건데 여러분의 주위에 생각보다 훨씬 많이 있을 겁니다. 저도 학교에 강연을 갔다가 깜짝 놀랐거든요. 이런 지역감정의 한복판에 5·18 민주화운동이 자리하고 있습니다. 5·18 이후 전라도 사람들에게는 빨갱이라는 또 하나의 족쇄가 채워졌으니까요. 따라서 지역감정의 해소는 곧 5·18 민주화운동에 대한 정당한 평가로도 이어집니다.

2019년 여름, 화순으로 강의를 가다가 주남 마을에 들렀던 저는 그곳 위령비를 보고는 한동안 아무 말도 하지 못했습니다. 한 사람에게는 그저 책이나 텔레비전 화면으로 봤던 역사가 어떤 사람들에게는 생생한 어제의 사건일 수 있다는 충격

때문이었죠.

'역사의 주체가 누구인가'라는 질문은 항상 답변하기 어렵습니다. 하지만 때로는 아주 작은 사람들의 희생으로 큰 역사가 이뤄지는 경우가 있습니다. 단언하건대 대한민국의 민주화는 '1980년 광주'에게 많은 빚을 지고 있습니다. 올해는 광주에서 비극이 일어난 지 40년이 되는 해입니다. 그동안 기억하지 못했던 5·18을 위해, 앞으로 5·18을 기억하기 위해 대한민국 청소년들이 진짜 우리의 역사를 가슴 깊이 맞이하고 느꼈으면 좋겠습니다.

《저수지의 아이들》은 사실을 기반으로 한 소설입니다. 소설 속의 '후남 마을 저수지 실종 사건'은 5·18 민주화운동 당시 계엄군이 광주 외곽 봉쇄 작전을 수행하는 과정에서 일어난 '주남 마을 양민 학살(미니버스 총격 사건)'과 '광목간 양민 학살(원제 저수지 총격 사건)'을 모티브로 하고 있습니다. 소설 속 사건의 공간적 배경은 주남 마을에서, 서사적 배경은 원제 저수지에서 착상했습니다. 지금부터 소설의 기반이 된 두 사건을 소개하고자 합니다.

미니버스 총격 사건은 1980년 5월 23일 오전에 벌어졌습니다. 주남 마을은 광주와 화순을 연결하는 도로에 접해 있기 때문에 계엄군 11공수여단이 배치돼 주둔 중이었습니다. 11공수여단이 차량 통행을 막는 봉쇄 작전을 펼치던 23일 오전, 광주에서 화순으로 향하던 미니버스가 발견되었고, 계엄군은 미니버스를 향해 무자비하게 총격을 가했습니다. 당시 미니버스에 탑승하고 있던 시민 열여덟 명 중 열다섯 명이 현장에서 즉사했으며 세 명은 부상당했습니다. 부상자 세 명 중 남자 두 명은 병사들에 끌려가 주남 마을 뒷산 중턱에서 사살 후 암매장됐고, 여고생이던 홍금숙 씨만 살아남았습니다. 홍 금숙 씨가 살아남지 못했다면 주남 마을 학살 사건은 그대로 잊혔을 가능성이 굉장히 높습니다.

현재 주남 마을에는 당시 사건을 기리는 위령비가 세워져 있습니다. 화순으로 강연을 가던 중 주남 마을에 잠깐 내려서 위령비를 찬찬히 살펴봤던 것이 이 이야기를 쓰게 된 직접적 인 계기입니다. 민간인들이 탄 버스에 계엄군이 총격을 가한 것은 이 사건뿐만이 아니라 하니, 더욱 충격적입니다.

원제 저수지 총격 사건은 그 대상이 어린아이였다는 데서 더 비극적인 사건입니다. 미니버스 총격 사건 다음 날인 1980 년 5월 24일, 주남 마을에 주둔하던 11공수여단은 광주 송정 리 비행장으로 이동하라는 지시를 받습니다. 군용 트럭에 나 눠 탄 11공수여단은 진월동을 지나가다가 이곳에 잠복해 있 던 다른 계엄군과 오인 사격전을 벌입니다. 계엄군을 무장 시 민군이라고 생각한 겁니다. 11공수여단은 주변을 마구잡이로 사격했고, 근처 원제 저수지에서 친구들과 물놀이를 하던 열 세 살 중학생 방광범 군이 총탄에 맞아 그 자리에서 숨졌습니다. 또 근처 야산에서 놀던 열 살 전재수 군도 이때 희생당했습니다. 누가 봐도 어린아이였지만 그들에게는 그저 무장 시민군, 그 이상도 그 이하도 아니었던 것 같습니다.

11공수여단은 뒤늦게 오인 사격이었음을 알았지만, 이미 사상자가 많이 발생한 후였습니다. 당시 흥분한 11공수여단은 인근 마을의 민간인들을 무자비하게 학살하는 것으로 분풀이를 했습니다. 광주의 시민들은 어이없게도 우리 국군의 손에 가족들을 잃는 비극을 겪었습니다. 그것도 모자라 폭도라고 표현되거나, 북한의 사주를 받은 것이라는 누명 아래 오랫동안 제대로 슬퍼하지도 못했습니다.

소설 속에서 후남 마을을 배경으로 엮은 저수지 사건은 이런 비극들을 하나씩 모아서 조각한 겁니다. 너무나 고통스러워 기억하기조차 불편한 역사를 굳이 되새겨야 할 필요가 있느냐고 반문할 수도 있겠습니다. 하지만 어떤 형태로든 기억하고 잊지 않는 것이, 같은 비극이 벌어지는 것을 막을 수 있는 유일한 방법입니다. 5·18 민주화운동 때 일어난 사건들 중에는 아직도 밝혀지지 않은 진실이 정말 많습니다. 모든 일들의 진상이 밝혀질 때, 비극은 멈출 수 있습니다.

저수지의 아이들

초판 1쇄 발행 2020년 4월 13일
초판 8쇄 발행 2024년 5월 10일

지은이 | 정명섭

발행인 | 박재호
주간 | 김선경
편집팀 | 강혜진, 허지희
마케팅팀 | 김용범
총무팀 | 김명숙

디자인 | 김보형
일러스트 | 조은교
교정교열 | 김익선
종이 | 세종페이퍼
인쇄·제본 | 한영문화사

발행처 | 생각학교
출판신고 | 제25100-2011-000321호
주소 | 서울시 마포구 양화로 156(동교동) LG팰리스 814호
전화 | 02-334-7932 **팩스** | 02-334-7933
전자우편 | 3347932@gmail.com

ⓒ 정명섭 2020

ISBN 979-11-969574-4-5 (43810)

이 도서의 국립중앙도서관 출판예정도서목록(CIP)은 서지정보유통지원시스템 홈페이지(http://seoji.nl.go.kr)와 국가자료종합목록 구축시스템(http://kolis-net.nl.go.kr)에서 이용하실 수 있습니다.(CIP제어번호: CIP2020013360)